「『ファイアブレス』」

ラヴィアは小声で詠唱していた魔法を放った。

Yasuaki Mikami
三上康明

illustration
植田 亮

察知されない最強職(ルール・ブレイカー) 14

「きゃあああっ!?」

「おおおおおおおおおおおおっ!?」
渦のような上昇気流が発生し、
ヒカルの身体はどんどん
空へと舞い上がっていく。
ポーラとソリューズも
手足をバタバタさせながら
風に乗っている。
「こ、これは……!」

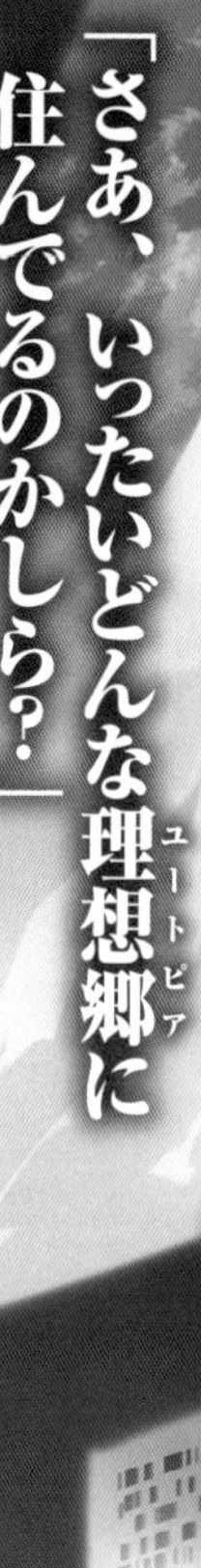
「さあ、いったいどんな理想郷（ユートピア）に住んでるのかしら？」
ソアールネイの目は爛々（らんらん）としており、
口元は愉悦に歪（ゆが）んでいた。

キュイイイイ——と甲高い音がした。
それは ゴーレム の10本の脚にある
球が回転を始めた音だった。

ラヴィアの手が自分の頬に触れたのを感じる。
ヒカルは、ぼやける視界に泣き顔の彼女を見て、
自分も涙をこぼしていることに気がついた。

「……ラヴィア、
君のきれいな髪が
すこし焼けてしまったね」

INTRODUCTION

いざ、空をゆく大迷宮へ

14

ヒカルはポーンソニア王国で、女王クジャストリアの
目の前で火龍を呼び出すことに成功する。ヒカルは
かつてこの火龍の背に乗って空を飛んだことがあった。
火龍は人の世には干渉しないと言って協力を渋るのだが、
最後は折れ、ヒカルに空を飛ぶためのアイテムを与えた。
火龍が再出現して大混乱に陥るポーンソニアの王都で、
ヒカルは「東方四星」の4人と合流する。
「ルネイアース大迷宮」に再度挑むことはあまりにも
危険であり、「東方四星」を巻き込みたくないヒカルだったが、
4人は絶対についていくと言い、結局、ポーラも含めて
6人で空を飛ぶ大迷宮へ挑むことになった。
その間にも「ルネイアース大迷宮」は北へと向かって空を
進んでいるのだが……その先になにがあるのかと言えば、
それは「マンノームの里」だった。
ソアールネイは憎い敵が住む里の位置を知り、
迷宮ごと移動しているのだった。
里から抜け出していたマンノームのグランリュークとヨシノは、
「ルネイアース大迷宮」の接近を伝えるために里へと戻ったのだが、
危険を察したマンノームの里にも大きな変化があり、
そこには初めて見る高い塔がそびえ立っていた。
ふたりは大迷宮の報告をすることも許されず、
里のはずれに幽閉されてしまう。

察知されない最強職（ルール・ブレイカー）14

三上康明

ヒーロー文庫

察知されない最強職
ルール・ブレイカー
14
illustration 植田亮

CONTENTS

イラスト／植田 亮
装丁・本文デザイン／5GAS DESIGN STUDIO
校正／福島典子（東京出版サービスセンター）
DTP／伊大知桂子（主婦の友社）

この物語は、小説投稿サイト「小説家になろう」で発表された同名作品に、書籍化にあたって大幅に加筆修正を加えたフィクションです。実在の人物・団体等とは関係ありません。

プロローグ　災厄、再び

ひとりの少女だった。「美しい」という言葉を前につけると、より正確だろう。

内陸部に位置し、人口も経済力も、大陸屈指の大国であるポーンソニア王国。

その頂点にある女王こそがこの少女だった。

「はぁ〜〜〜〜……」

少女は、いや、女王クジャストリアは、テーブルに突っ伏してぐでーっとしていた。

実の父である先代王が亡くなってから、兄との間に勃発した「跡継ぎ問題」を経て、クジャストリアは女王になった。高位貴族である三大公爵が後ろ盾となって政務を執り行うので、クジャストリアはどっしりと構えていてくれればいい……という話だった。しかも女王でいる期間はさほど長くないはずでもあった。

つまるところクジャストリアは、野球で言うところの中継ぎ投手であり、会社組織で言うところの情報を伝えるだけの「伝書鳩」であり、ハンバーグで言うところのつなぎのつもりだった。

なのに、である。

「どうしてこんなに夜遅くまで仕事をしているのですかぁ……」

おやつも我慢して長時間の会議を乗り切り、今日こそは溜まっていた「魔術論文」を読むのだと——まったく少女らしくないことだけれどロマンス小説より魔術論文を読むと胸が躍るのだ——張り切っていたのに、三大公爵のひとりナイトブレイズ公爵が申し訳なさそうに「陛下、まだいくつか決めておきたい事案がございまして、晩餐を取りながら進めたく……」と言い、ついに食事時にまで仕事が浸食してきたのだと悲しむ間もなく、食後にクジャストリアが見たのは今日中に決裁しなければならない重要書類の山だった。

書類の山は、全部積み上げればクジャストリアの身長を超えるほど。

魔術論文の厚さなんてたった3センチほど。

たったそれだけの論文を読む時間も取れずクジャストリアは書類に目を通し、女王として署名していった。

こんなはずじゃなかった！

という話は、もう何度もナイトブレイズ公爵にはした。それどころか、つい15分前にもした。でも「申し訳ございません、陛下……」と心底申し訳なさそうに目を伏せられると、クジャストリアも強く言えないのである。

公爵は、人としての良心がそのまま服を着て歩いているような男で、王国の未来を、国民の生活を、真剣に考えているのである。そんな彼に「もうイヤです！　女王辞めます！」とは言えないクジャストリアも、なかなかのお人好しである。

「きょ、今日こそは……」

へろへろになりながらもクジャストリアは震える指を伸ばし、魔術論文を手に取ろうとした。しかし指先があと少しで触れるというとき、その論文はさっと取り上げられたのだった。

「えっ」

ついに魔術論文までもが逃げ出した？　――なんてことはもちろんない。

驚いたクジャストリアが見たのは、「ふーん」とばかりに論文をぺらぺらとめくっている銀仮面の少年だった。

「シ、白銀の貌（シルバーフェイス）!?」

「まるで砂漠の真ん中で喉が渇ききった旅人が手を伸ばしているみたいだなと思ったのに、その先にあったのが魔術論文って、どういうことなの……」

「か、返してください！　それと部屋に入るときには事前に連絡をするのは紳士のたしなみではありませんか!?」

「あいにく礼儀作法はマスターしていないのでね」

銀仮面の少年は左腕をさっと横に広げ、右手をみぞおちに当てつつ、右足を引いて腰を折るというボウ・アンド・スクレープの礼を取ってみせた。なにが「礼儀作法を知らない」だ、と思いつつもクジャストリアは、シルバーフェイスの身に着けているフード付きマントが、これまでのものとは違うと気がついた。

やたら薄いが、上等な布のようだ……どこかで見たことがある気がするが、一日中激務に追われて疲れ切ったクジャストリアの脳は、うまく働いてくれない。

「……なにかご用ですか？」

声にははっきりとその疲労がにじみ出ていて、さすがのシルバーフェイスも「おや」という顔をした。

「あー……その、大変そうだな？」

「大変は大変ですが、ある程度覚悟していたことではありますので……。むしろ『ルネイアース大迷宮』が出現した聖ビオス教導国のルヴァイン教皇のほうが大変でしょう」

「それはそうかもしれないな。なにせ、迷宮が浮いたしな」

「ええ……にわかには信じがたいことですが……」

「アンタも驚いたか？」

「もちろん、驚きます。……いったいどのような魔術で空中へと浮上したのでしょうね！反重力なんていう魔術は聞いたこともありませんし、『風魔法』を利用したのでしょうか？　でもそれでは魔力を使いすぎますよね！」

俄然ウキウキして話し出すクジャストリアである。

「あー、そういう驚き……」

さすがのシルバーフェイスも、仮面の下で苦笑している。

「そんな雑談をしに来たのですか？　――まさか、シルバーフェイスはその魔術について詳しく知っていて、その知識をわたくしに教えに!?」

「そんなわけないだろう。おれとアンタは先生と生徒か」

「似たようなものではありませんか。いえ、むしろ魔術研究の同朋？」

「おいおい……畏（おそ）れ多いよ」

「どの口が言うのですか。わたくしを『アンタ』呼びしておきながら」

シルバーフェイスは再度ボウ・アンド・スクレープの礼を取ってみせたが、今度は右手をくるんくるん回してからみぞおちに当てた。まったく、ふざけた態度だ。

「では、なんの用で来たのですか」

「ひとつ頼み事……というか、この城を使わせてほしくてね」

「……城を使う？」

クジャストリアは眉根を寄せてから首をかしげた。

わけがわからない。

ただただひたすら――悪い予感がする。

◇

ヒト種族よりもずっと小柄だが、寿命は3倍ほどもあるのが「マンノーム」という種族だ。このマンノーム種族がクインブランド皇国の皇帝を通じて大陸に大きな影響を与えているのは、マンノーム種族と、それ以外のごく少数しか知らない「世界の真実」だった。

マンノームは大陸の北部、クインブランド皇国とフォレスティア連合国の国境付近に集落をつくっているのだが、有り体に言えばその場所は人里離れた山奥もいいところで、どこの国が所有しているとか統治しているとか、そういう状況ではなかった。

さらに言うと、その「マンノームの里」は山岳地帯の地中にある大空洞を利用しているので、秘境探検家が道に迷ってこの付近にやってきたとしても、里を見つけることはできないだろう。

そんなマンノームたちがどうやってクインブランド皇国だけでなく大陸の情勢を把握しているのかというと、鍵は「黒楔の門」だった。地点と地点を結ぶ「黒楔の門」は、ソウルエネルギーを利用したワープ装置だ。ヒカルは実際にそれを目にして利用してみるまで、ワープ装置なんていうとんでもないテクノロジーがあるとは考えもしなかった。

「ルネイアース大迷宮」が空中へ浮上したあと、「黒楔の門」を使ってマンノームの里へ移動、その後すぐにポーンソニア王国へとヒカルはやってきたのだった。クジャストリアは、ヒカルもなんらかの手段で「迷宮浮上」の情報をつかんだのだろうと思っているが、よもや実際にその目で浮いているのを見たとは思いもよらない。

「城を使う、とはどういうことでしょうか？」

クジャストリアにたずねられ、ヒカルはうなずいた。

「ここは広々としているだろう？　街からは距離があるし」

「それはそうですが、広々とした場所でいいなら、王都の外にはいくらでも土地があるでしょう」

「ああ、それはそうで、実はもうひとつ理由があるんだが……まあ、そんなに時間はかからないからさ」

ヒカルが誤魔化すように言うと、クジャストリアはうさんくさそうに目を細めた。ヒカルは疑われている。それもそうだろう、これまでの己（おのれ）の振る舞いを振り返っても、疑われるのに十分な心当たりしかない。

ヒカルはバルコニーへと続くガラス戸に手を掛けた。透明で、よく磨かれ、彫り物までされているそのガラス戸を開くと、風とともに冬の冷気が吹き込んできた。

「なにをするのですか……？」

「寒いな……ここは閉めておくよ。もしついてくるなら上着を着たほうがいいぞ」

ヒカルはクジャストリアを放っておいて、ひとりでバルコニーへと出た。

空には、あと数日で満ちようとする月が懸かっている。バルコニーは明るかった。見下ろすと城のあちこちに点(とも)っている魔導ランプの明かりがあり、巡回している警備兵もちらほらといた。

城壁の向こうにはポーンソニア王都の街並みが広がっているが、この、5階程度の高さからではははるか向こうまで見えるわけではない。彼方(かなた)の星空との境目にある、黒々とした山嶺(さんれい)が目に入った。

「……さて、と」

ヒカルが懐から取り出したのは、60センチほどのショートワンドだった。ラヴィアが以前使っていたものである。

らせん状に溝が彫られていて、そこには赤色の光を帯びた筋がある。

これは火龍(かりゅう)の「たてがみ」を巻いてあるのだ。その火龍とは以前、ポーラの実家があるメンエルカという村のそばで出会った。「惑わせの森」という名のダンジョンの最奥に封印されていたのである。火龍は「神」を裏切った「邪龍」に騙(だま)されたと言っていたが——ともかくヒカルは火龍からそのたてがみをもらった。

「……シルバーフェイス、こんなところに出たら目立ちます」

厚めのガウンを羽織って出てきたクジャストリアが、声を掛けてくる。

そう——まさにあの時、この場所にクジャストリアはいた。そのときヒカルは、逆の立場だった。ヒカルは空にいたからだ。

「目立つことは構わない。もっと目立つことになりそうだから」

「……？　なんですか、その杖は」

ヒカルは空へとショートワンドを掲げていた。ヒカルは魔法が使えないので、それに魔力を込める方法がわかっていないが、先ほど、ここにやってくる直前にポーラにお願いして魔力を注ぎ込んでもらっていた——彼女のできる全力で、たっぷりと。

はっきりと赤色の光の筋が見えているのはその魔力のおかげだった。つまるところこのショートワンドは、すでに着火しているのである。

「呼んでいるんだ」

「呼ぶ？　さっきからわたくしは質問ばかりですね。そしてあなたは質問に答えない」

ちょっと怖い目をしてきたクジャストリアだが、これから起こることが——ヒカルが「起こってほしい」と願っていることが実際に起きたら、「怖い目」どころでは済まないだろう。

「来い、来い、来い……来てくれなきゃ困るんだ」

「シルバーフェイス、あなたはほんとうになにをしようとしているのですか……？」

ヒカルの様子がおかしいのに、さすがのクジャストリアも不安そうな顔をする。

「大迷宮が浮いた話をおれはしただろう？　あれを、おれはこの目で見たんだ」

ますよ」

「見た……？　ですが迷宮があるのは聖ビオス教導国でしょう。ここからは相当離れてい

「おれはあの大迷宮にもう一度入らなきゃならない。つまり、浮上した島に上陸する必要がある」

そのすべては、大迷宮の主であるソアールネイ＝サーク、日本の佐々鞍綾乃の身体を乗っ取った彼女に会うためだった。

「ルネイアース大迷宮」が稼働することによって、サーク家の魔術は復活した。その魔術はこの星を覆うほどらしく、異世界へとつなげる魔術も邪魔されてしまう。「世界を渡る術」が失敗するのは、すべて大迷宮のせいなのだ。

だから、ヒカルは「世界を渡る術」を使って日本に行くことができない。逆に日本からこちらに来ることもできない――ラヴィアはなんらかの手段で、日本で「世界を渡る術」を実行したようだが、それも失敗している。

「大迷宮に上陸するには、空を飛ぶ必要がある」

ラヴィアにもう一度会うために、ヒカルは不可能を可能にしなければならない。

「空を飛ぶだなんて……それこそ夢物語でしょう。もちろん大迷宮の魔術を解明できれば可能かもしれませんが、その大迷宮が空にあるわけですし……」

言いながら、クジャストリアはぶるりと震えた。かなり冷え込んでいるし、高い場所な

ので風も強い。

「シルバーフェイス、室内へ戻りませんか？」

「……いや、おれはここにいる。来てくれないと困るんだ。空を飛ぶ手段は、今のところこれしか思いついていない」

「本気で空を飛ぶ気なんですか？　大体、こんな夜更けに、こんな場所でなにをするというのです。そのマントでひらりと飛び降りるとかですか？　いえ、それならばショートワンドなんて必要ないですよね……なにを呼んでいるのですか？」

そこまで言ったクジャストリアは、ハッとした。

「シルバーフェイス……まさかとは思いますが、あの件にもあなたが関与していたのですか!?」

クジャストリアにとってもたかだか半年程度前の出来事で、しかも自分が王位へと押し上げられることになった原因のひとつなのだから、忘れるはずもない。

「………………」

「シルバーフェイス！　答えてください！」

「……来た」

「えっ」

「来たぞ」

ヒカルは視線を遠く、右へと向けていた。はるか東方、星空の彼方に小さな赤い点があった。

それはだんだんと大きくなってくる。

「え……え……？」

クジャストリアもその存在を目にした。近づいてくるのをはっきりと認識した。

遠くにあるというのに強烈な存在感。輝ける巨体は見間違えるはずもない。

彼女がこのバルコニーで対峙した、「火龍」だ。

「えええええええええええ!?」

クジャストリアが叫んだころには、火龍はその巨体をくねらせながら王都上空へと入ってきた。巨大な顎、枝分かれした角、炎が灯っている長いヒゲ、金色のたてがみ、長い長い身体。この世界でモンスターと呼ばれている飛竜や地竜はトカゲに羽根が生えているようなタイプだが、火龍はヘビのような身体だった。

この距離までやってくると、さすがに城内も騒然となる。見張りの警備兵が緊急警報の鐘を鳴らすと、あちこちで明かりが点いて、武器を手にした兵士が飛び出してくる。

だが火龍の姿を見るや凍りついて、その場に座り込んでしまう者も多かった。叫び声も聞こえてきた。

そんなものはお構いなしに、王城の上空までやってきた火龍は、

『オオオオオオオオオオオオ!!』

ご挨拶、とばかりに吠えた。

その強烈な咆吼はヒカルも鼓膜を持っていかれそうで、クジャストリアは耳を塞いでうずくまった。ガラス戸が震え、ヒビが入る。この声は王都の隅々にまで響き渡ったことだろう。

「………………」

耳を塞いでいたヒカルがジト目でその火龍をにらみつけると、火龍はゆったりと降下し、その凶暴な顔面をバルコニーにいるヒカルに近づける。

まばゆいほどの光ではあったが、クジャストリアは目の前の光景を信じられないという顔で見つめていた。

「……いや、フザけんなよ？」

え？　とクジャストリアは思った。今の言葉はシルバーフェイスが口にしたのか？

『おや、人の子が我を呼んだのだから、こういう登場を望んでいるのだと思ったのだが、違ったか？』

「望むわけないだろ。誰が好き好んで自分の鼓膜を破る？　……マジで破れかけたぞ」

『こうもたやすく我を呼ばれても困るぞ。人の子はすぐに調子に乗る』

「アンタへの貸しを返してもらおうと思ってな」

『む？　人の子の要請に従い、我はここで吠え、さらには我のたてがみをくれてやったであろう？』

「よく考えてみてくれ。アンタの封印を解くのにこちらが払った代償を考えると、対価が安すぎないか？」

『……人の子はやはり強欲だな。そのように、身の丈に合わぬ願いを持つものではない』

ぎょろりとした目がヒカルを射貫く――それをそばで見ているクジャストリアは気が気ではなかった。

いったいこの会話はなんなのだろう？　シルバーフェイスと龍が知り合いだった？

わけがわからない。

「――撃てェ！」

と、そこへ城の兵士たちが一斉に矢を放った。

前回の襲来時にはなにもできなかったことを思うと、だいぶ成長したようだ。

だが、矢は火龍を貫くどころか、身体に近づくことすらできず、謎の気流に阻まれてあらぬ方向へ飛んでいくのだった。

「へえ……言うじゃないか。それじゃ、あのとき、アンタを解放しなければよかったな。

アンタはあと何百年も封印されていたかったのか？」

『ワッハッハ！　我を畏れるどころか挑発するとは、人の子はなんとも無謀であるな！』

しかしシルバーフェイスも火龍も、まったく外野を気にせず会話を続けているので、ますますクジャストリアは混乱する。

『ふむ？　そういえば人の子は確か、この世界の者では……』

「あー、その話はやめてくれ。今、アンタの声は多くのヒト種族が聞いているからな」

火龍はヒカルの名前も、ヒカルが異世界人であることも知っている。ここでシルバーフェイス＝ヒカル＝異世界人であるという情報が広まるのはなんとしてでも避けたい。

『ほお～？　弱みを握っているのはむしろ我であったか』

「誇り高き火龍が、他人の秘密をべらべらしゃべりたがるようなヤツだったってことは黙っておいてやる」

『ほんとうにお前は！　口が減らぬ！』

楽しくて仕方がないというように火龍が笑うと、その笑い声ですらも衝撃波となって王城にこだまする。それは石造りの王城を震わせ、もともと造りの甘かった壁の一部を崩す。耳を塞いだヒカルが声を上げる。

「うるさい！　迷惑だ！」

『シュン……』

笑いを引っ込めた火龍が悲しげな目つきになる。

「今回でアンタへの貸しはチャラにする。だから協力してほしい」

『……えぇ～……だって我、いきなり呼び出されたのに「うるさい」とか「迷惑」とか言われてやる気なくなってしまったのだ……』

ぼそりとヒカルが「めんどくせぇ……」と言ったのは、クジャストリアだけが聞いていた。

「あのなぁ、アンタだってこうなることも考えていたんだろ？　あのとき、たてがみをよこしたってことは」

ヒカルが言うと、

『……そこまで考えが及んでいたか。この世界の者ならばそこまで思いつくまいて。やはりそういう考え方はお前の出自に影響され――』

「お願いだから、その話はやめてくれ」

『おっと』

わざとらしく火龍が口を閉じると、バフンッ、と口の端から炎が漏れた。

「たった1回でいい、おれを乗せて飛んでくれ。連れて行ってほしい場所がある」

それは単純明快な解決方法(ソリューション)だった。

大迷宮が空を飛んでいるなら、空を飛んでアクセスすればいい。

――ヒカル様は、以前空を飛んだことがありますよね？

この火龍のことをポーラが思い出させてくれたのだ。

『ふむ』

簡単な依頼のはずだ。火龍は一度ヒカルを乗せたことがあるのだから。

だが、

『それはできぬ』

思いもかけない拒否が返ってきた。

「は？　なんで……」

『龍が人の世に干渉しすぎることは避けねばならぬ。こうして呼ばれるのも最後……それを告げるためにやってきたのだ』

「アンタは言っただろ。おれみたいなヤツが世界を変えてきたって。だからたてがみをよこした」

『そのとおり。だがな……龍にも龍の制約がある』

「筋が通らない！」

ちょっと飛ぶだけでいいのに、なぜそれを断るのか――ヒカルにはまったく理解ができなかった。「龍の制約」なんて知ったことか。

にらみつけてくるヒカルに、龍は困ったように言う。

『わかった、わかった。だが、お前に感謝していることは間違いない……お前は、空を飛ぶ魔城へと行きたいのであろう？』

「知っているのか!?」

魔城と言ったが、それはすなわち「ルネイアース大迷宮」のことだろう。

『無論。人の世で起きていることは人が解決するべきではあるが、かといって我ら龍が人の世を観ておらぬわけではない』

神妙な面持ちで発せられたその言葉は、聞く者が聞けば「神託」のようにすら聞こえたことだろう。

それほどに、夜空で輝く火龍の存在感は神秘的だった。

「観測者(オブザーバー)を気取っているのか？」

『んもー、ほんっと人の子は口が悪い！』

ヒカルの突っ込みで、そんな神秘性は雲散霧消してしまったけれども。

『だが……真実を突いているとも言える。我ら龍は観測者を気取っておるのだ。気が遠くなるほど長い年月、地中に封印されていた我はそう思うようになった。我が囚(とら)われたことを知っているというのに、同朋は不干渉を貫き、我を救出にすら来なかったからな』

確かに、龍ほどの力があれば囚われた火龍を救うことだってたやすいだろう。だけれど火龍は何百年もの間、地中にいた。

「つまり、そんな風潮はクソ食らえだと、アンタは思ったんだな?」

『おお、汚い言葉だ。言葉が汚れると思考が汚れ、やがて精神も汚れるぞ』

「お説教はごめんだ。おれはあいにく、アンタみたいに何千年も何万年も生きる気はない。さあ、手を貸すのか、手を貸さないのかどっちなんだ」

『限られし生しか持たぬ人の子よ。お前は急ぐ必要がありそうだな』

うんうんとうなずいたあと、龍は、

『我は手を貸さぬ』

ヒカルは目を見開いた。

「アンタは——!!」

『……だが、我が残したものをどうしようと、それは人の子の自由だ』

次の瞬間、火龍は大きく口を開いたのだった。

クジャストリアは火を吐かれるのだと思ったし、口内から発せられる高温で、バルコニーの手すりがどろりと溶け始めたのも事実だった。

でも、火は出てこなかった。

代わりにそこには——。

◇

「女王陛下‼」

　ポーンソニア王国のローレンス騎士団長が駆けつけたときには、クジャストリアは多くの近衛兵たちに守られ、私室のイスに座っていた。

「ご無事ですか⁉」

「ええ……もちろんです、と言いたいところですが、さすがに疲れましたね」

「申し訳ありません。このような事態に駆けつけるのが遅くなり……」

　運悪くローレンスは城下の街におり、移動に時間がかかってしまった。

　筋肉でみちみちに膨れ上がった山のようなローレンスが、後悔に押し潰されそうになりながら縮こまっているのを見て、クジャストリアは小さく笑う。

「いいえ、あの火龍を前にしては、いくら卿であっても難しい状況だったでしょう」

「くっ……」

　ストレートに告げられた事実はすなわち「役立たず」の烙印であって、その失言に気づいたクジャストリアはあわてて、

「も、もちろん、卿がいてくだされば心強かったと思いますよ。騎士たちが到着したのも火龍が去った後でしたし」

「………」

「あっ」

今度は、到着が遅れた騎士たち——なかには火龍に震え上がって動けなかった者もいた——の胸をえぐる発言をしてしまった。とはいえ、それはそれで事実なので彼らも猛省するしかないのだが。

「騎士団、近衛兵団は本件を重く捉え、明日以降すべての警戒態勢、勤務態勢、訓練態勢を見直すことを誓います」

背筋が寒くなるほどの低い声でローレンス騎士団長が言うと、近衛兵たちは青ざめて背筋を伸ばした。

クジャストリアは温かいお茶を再度淹れさせると、ローレンスをのぞく者たちを人払いした。

「陛下、ナイトブレイズ公はどちらに？」

「わたくしに万が一があっては王国が困りますから、公爵には王城を出て、離れてもらっています」

「そんな⁉」

万が一、とはつまりクジャストリアの死だ。

「わかるでしょう？　あの『火龍の災厄』の再来なのですよ。なにが起きてもおかしくありませんわ」

「陛下……」

この少女の覚悟――自らは王として死ぬことがあったとしても、王国に混乱が起きないように手を打ったその覚悟に、騎士団長は胸が震え、改めて跪いて頭を垂れた。

実を言えば火龍の脅威などないことがわかっているクジャストリアなのだが、火龍をどう説明していいかわからなかったので、とりあえず「前回と同じ脅威」として対応しただけだったりする。

「重ね重ね申し訳なく……今後私は、王城に寝起きするようにします」

「そ、それは、卿にも事情や用事がありましょう」

「我が事情など、王国の命運に比べれば些事です。『二度あることは三度ある』とも申しますゆえ、次に火龍が来てもすぐに行動できるようにするべきでしょう」

「うっ」

もう火龍が来ないことを知っているクジャストリアである。

「そ、そのぅ……もう火龍が来ることはないと思いますわ」

「陛下、火龍となんらかの話をしたのですか」

「えーと、そのぅ、はい。火龍は、王国が変わったのかどうかを知りたかったようです」

前回、火龍が来たときにはこう言われたのだった。

――今すぐ戦争の準備をやめよ。そして現国王を廃し、新たな国王を立てるのだ。さもなくば我が炎がこの城に降りかかると——そう思え。

この辺の言い訳はシルバーフェイスと打ち合わせ済みだ。

「なるほど……今は陛下がこの国を治めていると、お伝えになったのですね？」

「ええ」

「遠目で見る限りでしたが、火龍は笑っているようでしたが……なにか陛下がおっしゃったことに反応したのでしょうか？」

ぎくっ。

「そ、そうかもしれませんが、火龍の考えることはわかりませんわ」

「つまり、なぜ王国の統治者を変えようとしたのかもわからないと？」

「はい」

「ふむ……」

クジャストリアとしては、女王を守るためならば命を投げ出すことも厭わないこの騎士団長にウソをつくのがつらい。よくよく考えると、シルバーフェイスが勝手にこの部屋に入り込んで、勝手にバルコニーを使って、勝手に火龍を呼び出して、その後始末を自分がしているという構図が腹立たしい。

（全部暴露してしまおうかしら？）

そんなことをちらりと思ってしまうが、彼とふたりの秘密だと思うと、それはそれでいい気もする。

「……火龍は、なんらかの理由でこの栄光あるポーンソニア王国を監視しており、クジャストリア陛下の治世に満足しているということですね。もちろん、陛下の慈愛の光はあまねく城下の人民に広がっており、後世にも長く語り継がれるであろうことは間違いないのですが……」

「そのようなおべっかを使う方だとは思いませんでしたわ」

「陛下、これは事実でございます。人智を超えた存在である火龍も納得の、最高の統治者でいらっしゃる」

「…………」

なんだか、火龍を2度も退けたことで、ローレンスからの信頼の度合いがさらに数段上がった気がする。

「ですが、もしも次に現れたときには、火龍は我が剣の錆(さび)にしましょう」

静かに発せられた決意だったが、ローレンスの目は本気も本気だった。

翌日以降、騎士団と近衛兵団の訓練量が2倍になり、希望者にはさらにおかわりが追加されることになる。そして誰よりも訓練にいそしんだのは騎士団長であり、対モンスターの訓練メニューが新たに登場すると、王城周辺のモンスターはあらかた狩り尽くされ、獲物が減ることを嫌がった冒険者たちが王都から離れるという事態を引き起こすのだが——

およそ半年ほど先のことである。

　クジャストリアにとって予想外であり、ローレンスにとって予想通りだったことには、「火龍（かりゅう）はクジャストリア女王陛下の威光に恐れをなし、東の空へと飛び去った」というウワサが城下に広がったことだった。

　もちろんそんなことになるとはつゆ知らず、

（それにしてもシルバーフェイスはいったいなにをする気なのでしょうか……）

と、毎日の政務に追われる中、ふと時間が空いたときにクジャストリアは思うだけなのだけれど。

（空を飛ぶ手伝いはできない、と火龍は言いましたが……あのようなものをシルバーフェイスはなにに使うのでしょうか）

　彼女が考えるのは決まってそのことだった。

　火龍の残したもの。それはなんらかの魔術触媒、あるいはマジックアイテムに違いない。ああ、自分も研究してみたかった……という思いに胸を焦がしながら。

第55章　空飛ぶ島にアクセスするたったひとつの方法

ポーンソニア王国の王都冒険者ギルドは、朝から大変な騒ぎになっていた。各都市にある冒険者ギルドの10倍という広さにもかかわらず――ここだけでなく、王都内にはいわゆる支部がいくつもあるというのに――人が入りきらないほど集まっている。冒険者だけではなく、近隣住民も詰めかけていた。

理由は、火龍だった。

火龍はどこに行ったかを知りたい者。

火龍を討伐できる冒険者はいるのか知りたい者。

王都の外に出ても危険がないか知りたい者。

王都に留(とど)まっても危険がないか知りたい者。

これらは王都の住民もそうだし、行商人や冒険者自身も知りたいことだった。けれどもギルドに情報があるわけではないので、受付嬢たちは対応に追われながらも結局は「わかりません」と頭を下げるしかなかったのだ。

そんなところへ、

「――情報を買いたいのですが」

と、ひとりの少年――珍しい黒髪の少年が現れたのだから、受付嬢のひとりは、

「残念だけれど、火龍(かりゅう)のことはこちらも調査中だから教えることはできないの」

申し訳なさそうに答えたのだった。

「いえ、火龍ではありません。……浮遊する迷宮について」

少年が声を潜めたので、受付嬢は驚いたように目を瞬(しばた)かせた。

その驚きは、「今それを聞いてどうするのか」という意味でもあるし「なぜ迷宮の浮上について知っているのか」でもあったのだろう――黒髪の少年、ヒカルはそう推測した。

「……こちらへどうぞ」

冒険者たちは「ルネイアース大迷宮」浮上の件を知っているのか知らないのか、知っていても自分たちには文字通り手が届かない存在となってしまったからどうでもいいのか、伝説の迷宮について話している者はいない。火龍のことでいっぱいいっぱいというふうだった。

ヒカルは受付嬢に連れられて、奥まったブースへとやってきた。

「聞きたいのはなんでしょうか？　かなり重要度の高い情報ですので、情報料は高く……」

「知りたいのは現在位置です」

ヒカルが差し出したのは金貨だった。

「『ルネイアース大迷宮』の位置を教えてください。できれば日にちを追って、何日にどの場所で観測されたかについても知りたいんです」

「こ、こんなに……」

言ってみれば、ヒカルがたずねているのは「ダンジョンの位置情報」だ。ふつうのダンジョンならば無料で公開されているような内容である。

もちろん「ルネイアース大迷宮」が最近話題のトピックであることは間違いないし、移動しているから場所の情報に価値があるのは当然だけれど、「こんなに？」と受付嬢が思ってしまうのは当然であった。

芸能人が1時間前にいたとSNSでウワサになっているカフェの場所を聞かれて、1万円札を数枚渡されたら誰だって困惑するだろう。

「なんのために知りたいのですか？」

「……実は」

ヒカルは、

「『ルネイアース大迷宮』をこの目で見てみたいんです！　こんなチャンス、一生に一度あるかどうかもわからないでしょう？　護衛を雇って見に行きたくて！」

満面の笑みで答えた。

「あ、あー……」

受付嬢は察したようにうなずいた。

この裕福そうな少年は物見遊山のつもりで行く気だな？　まあ、遠目で浮遊島を眺めるくらいなら問題はないだろう——そう判断した受付嬢は、地図を持って来て、ギルドが把握している情報、単に観測地点だけでなく、今後の進路予想も含めてヒカルに教えたのだった。

最後には「くれぐれも近づいてはいけませんよ。島の真下は当然として、近づくのもダメです。遠くから見るだけですよ」という忠告も添えて。

「わかりました」

ヒカルは笑顔で答えたのだった。

意外とチョロかったな、と少しだけ悪い顔をしてヒカルが戻ったのは「東方四星」の所有しているアパートメントだった。

「おかえりなさい！」

いそいそとポーラが出てくるが、

「？」

ヒカルはその様子を見て少し首をかしげた。どこかそわそわしているし、ちらりと自身の後ろに視線を送ったように感じられたのだ。

「戻ったのか。どうだった？」

「おかえり」

リビングルームにいたマンノームのグランリューク（本名リキドー）とヨシノのふたりも声をかけてくる。「遠環（とおたまき）」という「里の外で情報や物品を調達してくる」役割を与えられているグランリュークは、マンノームの中でも長身でがっしりしている。とはいえ、ヒカルとほぼ同じくらいの背丈ではあるが。

ヨシノは「究曇（きわむるくもり）」という役割で、こちらはシンプルに研究職だ。気取らない性格でサバサバしているから付き合いやすい。

ふたりとも、マンノームの里の閉鎖性にはうんざりしていた。「ルネイアース大迷宮」が浮上した今となっては、里に閉じこもるのではなく行動してどうにかしたいと思い、ヒカル——シルバーフェイスについてきた。

シルバーフェイスがヒカルであることをこのふたりは知らないので、いちいち仮面を着けなければならないのが面倒だ。

「結論から言うと、大迷宮は北上している」

すでにリビングルームのテーブルには大きな地図が広げられていた。ヒカルがこの部屋に再度やってきたときには——火龍（かりゅう）のたてがみを巻いたショートワンドを取りに来たのだ

――「東方四星」のサーラとセリカによって散らかされまくったゴミで荒れ果てていたのだが、ヒカルが外出している間に掃除してくれたようだ。今は片付いている。

その地図はグランリュークの所持品で、冒険者ギルドで販売している地図よりもよくできている。主要の街道だけでなく、はずれにある村も記載されているし、山を越えるルートも多かった。

それはともかく、ヒカルは地図の1点を指差した。

「おれたちが今いるのはここ、ポーンソニア王都で、もともと大迷宮は聖ビオス教導国の聖都アギアポールの郊外にあった」

テーブルに置かれていた小さな駒を手に取った。これはチェスに似たゲームに使うもので、土台の上に城が載っていた。

ヒカルは城の駒をアギアポールの郊外に置いた。

「アギアポールから北上すると『国境都市パラメトリア』がある。ポーンソニア王国との国境だな。昨日、パラメトリアの上空を通過したそうだ」

城の駒が北へ移動するとパラメトリアに到達する。

「それは……大騒ぎであったろうな」

グランリュークが渋い顔をすると、ヒカルはうなずいて、

「だけどすぐに通過したから混乱はさほどではなかった」

「待て、シルバーフェイス。かなりの速度で移動していることにならないか？　我々がこの王都に来たのも一昨日だろう」

「そのとおり。大迷宮の北上速度は、おれたちがこの目で見ていたよりもずっと速い」

ヒカルは城の駒を動かす。王国の国土はさほど広くなく、すぐにクインブランド皇国の領土に入った。

「速度で考えると、今はこの辺りにいると思われる」

「皇国領内か」

「おれたちがすぐに出発して『黒楔の門』を使い、皇都ギィ＝クインブランド経由で進めば、皇国の北部で大迷宮に先回りできるはずだ」

ヒカルは城の駒をさらに北に動かすが、そのあたりは山脈のど真ん中で、めぼしい街もないようなところだった。

「……待て、シルバーフェイス。どうして大迷宮がそのまま北上するとわかる？」

「真北ではなく、若干東に寄っているけどね。大迷宮の目的地がどこなのかは、アンタのほうが詳しいんじゃないか？」

「…………」

グランリュークが黙り込むと、横からヨシノが、

「今さら黙秘しても意味ないわよ、リキドー。わかりきっていることじゃない、敵の目的

地はここよ」

ヨシノが別の駒を手に取り――その駒は「王」の駒だった――ある場所に置いた。

そこは地図のなかでもいちばん上。大陸でも相当に北部に位置している場所であり、地図上ではクインブランド皇国とフォレスティア連合国の国境線が引かれている真上でもあり――ちょうど大迷宮が進んだ先にある場所だった。

「……マンノームの里、私たちの村がある場所ね」

ヒカルはうなずいた。

マンノームの里がその近辺にあることはヒカルも知っていた。

「ソアールネイ＝サークはなんらかの方法でマンノームの里の正確な位置情報を持っている。そして、およそ7日後には里に到着する」

部屋には沈黙が下りた。

緊急事態ではある。

マンノームの里は山中の大空洞内にあるので今までは隠れていたし、それによってサーク家との長い戦いでも生き延びてきた。だというのに、今はソアールネイに知られていて、ソアールネイはそちらに向かっている。

ソアールネイがなぜマンノームの里に向かっているのか？　平和的に話し合いをするため、なんてことはあり得ない。

とはいえ、ヒカルがやるべきことは決まっている。

「おれは大迷宮に向かう。火龍(かりゅう)からもらったアレを使って」

火龍についてはグランリュークたちにも話してある——まさか火龍を呼び出すなんてことは思いも寄らなかったようだが。

「……本気か。使い物になるのかどうかもわからないんだろう？」

「あの火龍が、おれにガラクタをよこしたとはさすがに考えられない。もちろん博打(ばくち)であることには変わりがないから、お前たちは好きにしたらいい。緊急事態であることを里に報(しら)せ、住人を別の土地に逃がすとか、やらねばならないことはいくらでもあるだろう」

「今、俺たちが戻ったとてどこまで話を聞いてくれるかはわからんがね……」

自嘲気味にグランリュークが笑うと、ヨシノが、

「そんなこと言ってる場合じゃないわ。すべての『遠環(とおたまき)』を里に呼び戻している今、外の情報を持っているのは私たちだけなのよ！」

グランリュークの背中をバシバシ叩(たた)いている。

「話は決まったな。それじゃ、行動に移ろう」

ヒカルは言って、後ろを振り向いた。

「——それで、盗み聞きをしている『東方四星』の皆さんはどうするおつもりで？」

視線の先にあるのは——廊下につながるドアだった。

返事は、ない。

「……まあ、隠れてるっていうならそれでいいけど。おれたちはもう行くから――」

「もー！　なんでわかっちゃうのぉ!?　これでも身を隠すプロなんだけどにゃ〜〜！」

ぷりぷりしながら出てきたのはサーラだった。それに続いて、

「ふふふ。わたくしたちの気配で察せられたのかもしれませんよ」

「ニオイかもしれないわね！」

シュフィとセリカが出てくる。

「………………」

ひょこ、とドアの陰から目元だけ出しているのはソリューズだった。で、そこから全然出てこない。じっとこっちを見ている……なんだろう、アレ。なにか言ったほうがいいんだろうか。でもセリカさんたちも誰もツッコまないし……。

迷ったヒカルは、結局スルーすることにした。

「それで、フラワーフェイス。『東方四星』がいることを知っていたから、さっきはそわそわしていたってこと？」

「は、はいぃ……『驚かせたいから黙っていて』と言われて……」

驚くもなにも、ヒカルの「魔力探知」によってこのアパートメントに入る前からわかっていた。

「ふーん。まあ、それはともかく自己紹介は済んでいるんだな？　マンノームの里の説明は？」

「機密事項以外は全部話したわ。『黒楔（こくせつ）の門（もん）』のこともね。どうせあなたの口から伝わるだろうし」

　とヨシノが言う。

　ヒカルたちがどうやって、先に聖ビオス教導国を出発した「東方四星」を追い抜いて、このアパートメントにいるのか、説明する手間が省けた。

　どうやらヒカルが冒険者ギルドに行っている間に、「東方四星」はここに到着したらしい。

「おれは秘密にしろと言われたら守るくらいの分別はある」

「私はあなたを信じるけど、長老たちはあなたが秘密を守るということを信じないもの。だったら教えても同じでしょ？　教えたとしてもどっちみち『割り符』がなければ使えないし」

「それもそうか。——それじゃ、おれたちは行くから」

　ヒカルがセリカたちに言うと、グランリュークとヨシノも立ち上がった。

「ちょっと待って！　すぐに支度するわ！　こっちも、帰ってきたばかりだから旅支度はできてるのよ！」

「……なにを言ってるんだ？　あ、これからギルドの依頼でどこかに行くのか？」

そういえば、とヒカルは思い出す。「東方四星」は「ルネイアース大迷宮」のモンスター汎濫が終わった時点で、王都の冒険者ギルドから「帰って来い。指名依頼がある」と呼び出されていたのだった。Bという高ランクである「東方四星」は、それを断ることができなかった。

「ギルドの依頼はやっぱりただの口実だったわ！　どこにも困ってる人なんていなかったのよ！」

どうやら王都ギルドは、「東方四星」を聖ビオス教導国に留めたくなかっただけのようだ。

「……ん？　じゃあどこに行くんだ？」

「決まってるじゃない！　アタシたちもアンタについていくのよ！」

「冗談はよせ。おれがやろうとしているのはマンノームとサーク家の戦争に介入するようなものなんだぞ。危険にもほどがある」

「そんなのわかってるわよ！　だけどもう、アタシたちは運命共同体でしょーが！」

「！」

それは——そうかもしれなかった。

ヒカルはラヴィアと再会することしか考えていなくて——それが日本であっても、こちらの世界であっても、正直どちらでもよかった。

でも、日本に戻れるかどうかは「東方四星」にとって重要な問題だった。

「……だけど危険が」

「いーのよ！　アタシたちは行くって決めたの！」

ばしんっ、とヒカルは背中をひっぱたかれた。

「痛い」

「置いてったらもっとひどいことするからね！」

セリカは荷物を取りに部屋へと戻り、シュフィとサーラもそれに続いた。

最後までソリューズはじっと目だけ出してこちらを見ていたけれど、すっといなくなった。荷物を取りに行ったのだろう。

「…………」

「……なんなんだよ、まったく」

背中がひりひりした。

◇

マンノームであるヨシノも、「黒楔の門」を使った経験は数えるほどしかない。

「黒楔（こくせつ）の門（もん）」の実物を見せても半信半疑という顔の「東方四星」たちだったが——それもそうだ、ワープ装置なんてこの世界だけでなく地球にもなかったのだ——実際に使えば信じざるを得ない。

すさまじい吐き気とともに、強烈な体験となった。

まずはマンノームの里の、「黒楔の門」があるだけの殺風景な部屋へ移動したのだが、彼女たちはへろへろになっていた。「これからもう1回門を通るから」という死刑宣告に近い言葉が告げられると、いよいよ泣きそうだった。

何度も経験済みのシルバーフェイスはだいぶマシで、フラワーフェイスもこらえているようだ。

「ふたりとも、短い間だったが世話になったな」

ヨシノとグランリュークとは、ここでお別れだ。

「なにを言う、シルバーフェイス……憧れの人とともに行動できたのだ。礼を言うのはこちらのほうだ。最後にまた握手をしてくれるか？」

「あ、ああ……それは構わないが」

戸惑うシルバーフェイスの手を取って、グランリュークは満面の笑みだ。

「シルバーフェイス、あなたにこれを渡しておくわ」

「ん？」

ヨシノが差し出したのは、燃えて、黒ずんだ割り符だった。それは「ルネイアース大迷宮」の最深部でシルバーフェイスが見つけたものだ。

あのときには中央が空洞だったのだが、今はそこに丸く磨かれた石がはまっている。

「これは……修復してくれたのか？」

「ええ。そう難しいことではないからね。私はこっちを持って帰らないといけないし」

ヨシノが見せたのは、「究曇（きわむるくもり）」の研究室から持ち出した割り符だった。

「機能は問題ないわよ。だってさっき『黒楔の門』を起動したのはそっちの割り符だし」

「そうだったのか。すごいな」

感心したようにシルバーフェイスが割り符をためつすがめつしているので、ヨシノはすこしだけ照れた。

「そ、それくらいは『究曇』としては当然よ」

「いや、助かるよ。ありがとう」

「言っておくけど、ことが済んだら返してよね？　これはマンノームの宝なんだから」

「まあ、済んだらね」

ずいぶんと濁した言い方ではあったが、ヨシノは「よし」とした。「返すつもりがない」と言われると困るが。

「――じゃ、おれたちは行く。グランリュークはそろそろ手を離してくれ……」

「ああっ」

離れていった手を悲しそうに見つめるグランリュークをジト目で見つつ、ヨシノはシルバーフェイスたちを別の部屋へと案内する。

そこの「黒楔の門」はクインブランド皇国につながっているという。シルバーフェイスは「なるほど」と小さく言っていたが、賢い彼のことだ、どの扉がどこにつながっているのか記憶しようとしているのだろう。

あるいは、扉の位置と、「黒楔の門」がつながる先との関係性を推測しようとしているのかもしれない。

さっきヨシノが言ったとおり、修復した割り符は問題なく使うことができ、シルバーフェイスたちは「黒楔の門」を通って旅立っていった。

「ああ、行ってしまった……」

「ちょっとリキドー、さすがに泣くのはやめてよね。正直言うと気持ち悪い」

「ひどいな⁉」

「ひどいのはあなたの顔よ」

「⁉」

「そんなことより……私たちは戻らなきゃね」

ふたりは部屋を出て歩き出す。マンノームの里に「ルネイアース大迷宮」の接近を伝えなければならない。

「あー……憂鬱（ゆううつ）だ。めちゃくちゃ怒られるんだろうな……」

「怒られるくらいならまだいいわよ。十中八九『遠環（とおたまき）』から外されるわよ」

「そうなったら里を出ようかなぁ」

「まぁ、あなたは外の経験も豊富だし、それもできるからいいわね……」

「そのときはヨシノ、俺といっしょに来てくれないか？」

「……え？」

ふたりはちょうど長い長い螺旋状（らせんじょう）の階段に差し掛かっていて、先を歩いていたヨシノは思わず足を止めた。

「え、ちょっ、それって……」

プロポーズにしか聞こえない。

里を捨てて外で暮らそう、だなんて。

「……ああ、そうだ」

グランリュークはキリッとした顔で言った。

「俺にその割り符がどこにあるかなんて、教えてくれないだろ？『黒楔の門』の起動だけでいいからさ、そのときはいっしょに来てくれよ」

「…………」

コイツは……。

どうやら自分ではなく、割り符にしか用がないらしい。

「ん、どうした、ヨシノ」

「バカ！」

「!?」

いきなり大声を出されてグランリュークは目を瞬かせたが、ヨシノは肩を怒らせて階段を先へと進んでしまった。

「お、おいヨシノ～……なんで怒るんだよ？　あ、お前もいっしょに外へ行きたいってことか？」

「あなたとだけは死んでもイヤ」

「そんなに!?」

ふたりはやがて階段を登り切る。いよいよ里へと戻ることになるのは憂鬱だが——あれからどうなっているのか、何か変わったことはあるのか、もちろんずっと気になっていた。

緊張しつつ、ヨシノは、扉を押し開けた。

「……え？」

そこには予想もしなかった光景が広がっていた。

明・る・か・っ・たのだ。

いや、マンノームの里は地下の大空洞にありながら、採光の穴から光が入っており、日中は明るいのだが――それよりもずっと明るかった。

明るい理由ははっきりしていた――空・が、見えていたのだ。

大空洞の天井部分。そこには巨大な穴がぽっかりと開いていた。つまり山が崩れているということになる。

そんな巨大な穴の下に、さらに目立つものがあった――穴から上へと突き出すようにそびえ立つ塔だ。

なんだ、この塔は。

タケノコのように塔が生えて、天井を突き破ったようにしか見えない。

ヨシノたちが離れていた日数で造れるような建築物では、明らかにない。

「――ヨシノ、行ってみないとわからん。塔の周囲に皆が集まっている」

「あ、ま、待って！」

あっけにとられ、次には考えに没頭してしまったヨシノを置いて、グランリュークは先に歩き出した。

あわてて彼を追うヨシノは混乱している自分に気づいていた。なにが起きた？　自分たちが出て行ったあと、この里に。

遠目に見える塔は、石材を積んだだけの無骨(ぶこつ)な造りだった。暇に任せて凝った装飾を施した建物が並ぶこの集落にあって、その塔だけが無骨で、異質だった。その異質さに、ヨシノは本能的な恐れを感じていた。

「………」

「……ど、どうしたの？」

前を行くグランリュークが立ち止まり、振り向いた。

「手を貸せ」

「え……？」

急になに？　と思っていると、グランリュークはヨシノの手を握った。

「行くぞ」

「え、ちょっ、なに!?」

「冷え切っているじゃないか」

「………」

確かに、恐れのせいか、驚きのせいか、自分の手は冷たくなっていた。

包まれたグランリュークの手は温かかった。

そしてその温かさに安心している自分がいた。

「……バカ」

小さくつぶやいたヨシノの声は、グランリュークには届かなかった。

ふたりの行く先、塔の真下には多くのマンノームが集まっていて、彼らのざわめきが聞こえてくるのだった。

焚き火の明かりが、毛布にくるまったポーラの横顔を照らしている。

1月ともなると夜は冷え込むが、ポーンソニア王国より北方にあるクインブランド皇国の冷え込みは、よりいっそうのものだった。地表は凍るし、霜が降りる。そんな寒さの中、大岩の陰にはぽつりと焚き火の明かりがあった。

ヒカルはぶるりと肩を震わせると、集めておいた枝を焚き火に追加した。

マンノームの里を経由してクインブランド皇国に移動し、北上すること4日、人の住まない原野にやってきていた。

「荒れ果てた大地」という言葉がぴったりで、枯れ草がまばらに生えている程度で木々も枯れており、ちょっと先には山肌が露出した山岳地帯がある。ポーンソニア王国が豊かな土地を持つ国だとはヒカルも知っていたが、クインブランド皇国は、皇都から離れれば離れるほど荒れ果てていくということは初めて知った。

だが、行くべき方角はこちらだ。

ヒカルたちは、浮上した「ルネイアース大迷宮」の先へと回り込むべく移動している。

「……よく寝てるな」

4人集まって眠っている「東方四星」メンバーはさすがに旅慣れており、こんな、なにもない屋外でもすぐに寝入っている。同じ日本人であるはずのセリカが真っ先にぐーすか眠り始めたので、ヒカルは驚いた。

「黒楔の門」を通った後はグロッキーだったものの、目の前に広がる光景が皇国皇都だとわかると、ワープ装置としての効力を信じざるを得ない。「オーバーテクノロジー」だのなんだのとセリカは騒いだが、確かにいろいろと段階をすっ飛ばしているテクノロジーだ。まあ、「黒楔の門」を所有しているマンノームたちですら仕組みを理解していないのだから、「オーバーテクノロジー」であることは間違いないのだけれど。

「……あ、起きていたんですか？」

身じろぎして、身体を起こしたのはソリューズだった。

「あ、ああ……。そろそろ火の番を代わろうか」

「いえ、僕の番になったばかりですから」

すでにシルバーフェイスであることは「東方四星」全員にバレているので、ヒカルは仮面を外していた。

「あのー……その」

「？　どうしたんです、ソリューズさん」

「いや、なんだ……仮面の有無で君の口調ががらりと変わるから驚いてね」

「まぁ、そうですね」

　真正面から指摘されると恥ずかしい。

「今の自分が素なので」

「そうだよな。うん……そうだよな」

「……なんです？　このところ、ソリューズさんってなんか変ですよね。僕に対してなにか思うところでもあるんですか」

「へ、変ではない。断じてない」

　しどろもどろになりながら――やっぱり変だった――ソリューズは焚き火を挟んで正面に来るとそこに腰を下ろした。

「……お茶でも淹れましょうか」

「いただこう」

　ヒカルがお茶の準備をしている姿を、ソリューズはじっと見ている。

　どう考えても変である。そしてそんなソリューズの変化を「東方四星」のメンバーは知っているようだが、なにも言わない。

変だ。

「どうぞ」

「あ、ありがとう」

カップに注がれたお茶はもうもうと湯気を上げた。そして彼女はそれを大事そうに口に運ぶ。

（まあ……いいか。変だけれど、実害があるわけじゃなし）

ちょっと前まで、腹の底が読めない薄ら笑いをしていたソリューズを思い返すと、それよりははるかにマシだと思ってしまう。腹芸で駆け引きしなければならない相手は、ルヴァイン教皇だけで十分だ。

「……こんなところまで来てしまいましたが、念のため確認させてもらってもいいですか？」

ヒカルが切り出すと、ソリューズはカップを膝の上に下ろした。

「ん、なんだい？」

「明日、僕らは北上する大迷宮の真下に到着します。正確には、向こうからやってくる大迷宮を待つ形になると思いますが……。その後にやろうとしていることは、割とむちゃくちゃなことです」

「理解しているよ。空を飛ぶんだろう？」

「ええ。一度も試したことのないチャレンジですから、失敗することもあるかもしれない。仮に飛翔に成功したとしても、大迷宮への着地に失敗したら、たぶん死にます」

「そうだろうね」

「……ずいぶん落ち着いていますね。冒険者の覚悟ってやつですか？」

「ふふっ」

ソリューズは小さく笑った。吐息が白くこぼれた。

「私はね、ただ信じているだけなの」

「信じる……自分が成功することを、ですか？」

「いいえ。信じているのは、君を」

「……僕を？」

ヒカルがきょとんとしていると、

「君が挑戦すると言っている。そして成功させようとしている。……君は『冒険者の覚悟』と言ったけれど、そうじゃない。『君の覚悟』を私は信じている」

「どうして……そんなに僕を信用するんですか」

「君がなしてきたことを考えてみるといい。『世界を渡る術』で日本を私に見せてくれた。『黒楔の門』なんていうワープ装置を見せてくれた。ちょっと前には『黒腐病』……『呪蝕ノ秘毒』の解毒薬を手に入れ、皇国での犠牲者が増えるのを防いでくれた。そのすべてが並大抵の冒険者ができることではない。もし君に冒険者ランクが与えられるなら、A……ううん、Sが当然でしょうね」

幻とも言われている冒険者ランクSは、大陸にも5人しかいないという。

「そんな……過大評価ですよ」

「実力に慢心しないところも優れている。それに君は……」

「？」

「……いや、なんでもない」

言いかけた言葉の先に「大迷宮で私を救い出しただろう？　巨大なドラゴンをあっという間に倒し、巨大なゴーレムすらも倒して……」という言葉が続くはずだったが、それは語られなかった。

ただ、ソリューズはヒカルから視線を逸らしたがその頰は赤らんでいて、耳に至っては真っ赤だった。

ヒカルはそれを、

「お茶、熱かったですか？」

と勘違いしたのだけれど。

「……そうかもしれないね」

ソリューズは小さく笑った——まるで少女のように。

それからふたりの間には少しの沈黙が流れたが、それは気まずい沈黙ではなかった。パチ、パチ、と小さな音を立てて焚き火が煙を空へと立ち上らせる。

「……ソリューズさん、僕は……『東方四星』は、ついてくるべきではないと思っています」

ヒカルが口を開いた。

「……私たちは足手まといかな」

「そういう意味ではありません。さっきも言ったとおり命の危険があって、問題は、それがまったく予想がつかないってことなんです。僕はあなた方の命にまで責任を持てない」

するとソリューズは首を横に振った。

「責任を持つ必要なんてないさ」

「冒険者は自己責任が原則ってことですか？　それでも……気にはしますよ。そのためにサーラさんにいくつかアイテムも渡しましたし」

ヒカルは、同じ斥候タイプであるサーラに、自分のアイテムをいくつか渡していた。それは過去に衛星都市ポーンドの盗賊ギルドのケルベックに依頼して作ってもらったものだったりする。

できることはやっておかないと、後悔するに違いない。

それほど危険な挑戦だとヒカルは思っていた。

「……日本に行くことはセリカさんにとっては重要なことかもしれないし、仲間の皆さんにとっても重要なことかもしれないけれど、『東方四星』は、もう4人が集まって一緒にいるじゃないですか」

「君は違うと」

「はい」

「それはラヴィアくんが……いや」

少しだけ苦しそうな顔を伏せたソリューズがなにを考えているのか、ヒカルにはわからない。

「ソリューズさん？」

「……私の命の灯火(ともしび)はあの大迷宮の第7層で消えていた。それを君が救ったんだ。君のために私が命を使うことに問題はないだろう？」

「そんなことは望んでいません」

「君は、自分ひとり、あるいはポーラくんくらいなら死なないと、そう思っているんだろう。だからやはり、私たちを足手まといだと思っている」

それはヒカルにとって図星を指されたようなことだったけれど、ソリューズの言葉にトゲがあるのが気になった。

「ソリューズさん、どうしたんですか？　この数日、変ですよ。前までのあなたならそんなことは言わなかった。自分の望みを叶（かな）えるためなら適当なことを言って僕を煙（けむ）に巻（ま）いたでしょう」

「…………」

ソリューズはしばらく黙ってから、

「……マリウスさんは、冒険者を辞めてしまった」

マリウスはランクA冒険者パーティー「蒼剣星雲（そうけんせいうん）」のリーダーだった。「蒼の閃光（ブルーフラッシュ）」という名の魔剣を失ってしまったが、ソリューズは彼に、それとほぼ同じ性能であろう魔剣を渡そうとした。

けれどマリウスは冒険者を辞めるという選択を、すでにしていた。だから魔剣は今ソリューズの手にある。

「あの人はもう気持ちに区切りをつけていたんだ。未練や、割り切れない感情がいっぱいあったと思うけれど、それでも次の人生に向けて歩み出していた。冒険者として『やりきった』という思いがあるからだと私は思っている」

「…………」

「今回、君についていかなかったら、私はずっと悔いることになると思う。まして君が大ケガでもしようものなら……一生後悔する。そんな後悔を私は望まない。それこそ君の知る、君がさっき言った『ソリューズ＝ランデ』ではないんじゃないか？」

ソリューズがヒカルを見つめる。その瞳には焚き火の炎が映っていた。

ヒカルは小さく息を吐いた。

「……僕の負けです」

「ふふ、わかればいいんだよ。それにもっと頼ってくれていいんだ」

「そういうわけには……」

「いいんだ。君は私の命の恩人なのだから、むしろもっと要求してくれないと私は――胸・が・苦・し・い」

「？」

それを言うなら「心苦しい」じゃないのか、と思ったが、ソリューズは立ち上がると、

「もう少し眠るね。お茶、ありがとう」

「あ、はい……」

ヒカルにカップを返すと、毛布へと戻っていった。

そうして毛布にくるまってしまうと、ヒカルはまたひとりになった。

「……強情な人だな」

と思う。

ソリューズが言った「君が大ケガでもしようものなら一生後悔する」というのは、同じくヒカルがソリューズたちに対して感じているものでもあった。自分の都合で他の人を巻

き込みたくない。責任を負いきれない。

でも、ポーラは別だ。

彼女はヒカルのためなら命を投げ出すことを厭(いと)わないし、ヒカルもポーラが危険ならば命を懸けるだろう。ラヴィアもきっとポーラに対して同じように思っている。3人は運命共同体だ。共犯者、と言ってもいいかもしれない。

「そこに4人が加わるのは多すぎる……」

ヒカルは枝を数本火に追加して立ち上がった。冷え込む夜の底でじっとしていたから、膝も、腰も、背中も、バキバキだ。うん……と伸びをして、眠っている5人から離れた。

そよ風が吹くだけで、焚(た)き火(び)によって温められた身体の熱が奪われていく。

見渡す限りの荒れ地で、空がとてつもなく広い。

ちょうど新月なので周囲は黒々としていて暗かったのだが、信じられないほど美しい星空が広がっていた。

さっき、ソリューズは妙に感情的になっていた。理由はよくわからなかったが、彼女の中で「ヒカルについていく」ことがすでに決定された事項であって、結果、死ぬかもしれないことも織り込み済みだということはヒカルも理解した。

ヒカルにとって最優先であるのは、ラヴィアとの再会――「世界を渡る術」を使えるようにすることだ。これは変わらない。

目標が一致しているのであれば、ソリューズの覚悟に水を差すようなことは、もうするまい。

「……ラヴィア」

ぎゅっ、と目を閉じたヒカルは、最後にラヴィアを見たときのことを思い返す。ソアールネイ——佐々鞍綾乃が御土璃山(みどりやま)の山中にあった魔力結晶を使って「世界を渡る術」を実行した、あのときが最後だ。

ラヴィアはおそらく無事だろう。先日「世界を渡る術」を日本で使ったように感じられた——そう、日本で。ラヴィアが単独で。いったいなにをどうやって実行したのかヒカルには見当もつかないのだけれど、ラヴィアは「見当もつかない」ようなことをやってのけた。

「僕らはつながっている」

世界を隔てて離れていても、つながっている。

その事実は心の支えとなった。

どんな無謀なことをしてでも大迷宮に乗り込んでやる。

「……ラヴィア、君に話したくて、話せていなかったことがいっぱいあるんだ。見たいものもあるし、食べたい料理だってある」

ヒカルがこちらの世界に来て、ヒカルに最初に手を差し伸べてくれたのがラヴィアだった。

いろいろな場所へ行って、さまざまな事件にも遭遇した。ラヴィアと力を合わせていくつもの困難を乗り越えてきた。これから先も彼女がともに歩んでくれると思っていたし、彼女もそう思っていたはずだ。

「僕は……身体の半分がなくなったみたいな気持ちだよ」

吹きつける風が、自分の身体に開いた穴を通り抜けていく。

ラヴィアと別行動をすることはあっても、これほどまでに遠く離れたことはなかった。

今見えている夜空の星よりもラヴィアは遠くにいるのだ。

「きっと乗り越える。僕らは、乗り越えられる」

ヒカルは両手を握りしめた。

クインブランド皇国の皇帝カグライは、身長こそ150センチもなく、見た目も若々しいマンノームではあったが、年齢は70歳を超えていた。そんなカグライの頭に載るべき王冠は横の台に置かれていた。金色の輝きを放つそれは権威の象徴でもあったけれど、今この部屋にいるのはカグライの側近だけだ。

「聖ビオス教導国に出現し、浮上した『ルネイアース大迷宮』は我が国上空に侵入し、北北東に向けて移動を続けているということです」

側近のひとりが、壁面に張られた巨大な大陸地図の前で解説する。その手には指示棒が握られていて、赤色の先端が北北東に向かって移動する。

「迷宮からの落下物はないということ、また近隣に大きな街や村落もないことから、我が国は今のところ安全であると……」

「安全なワケがあるか！」

怒ったのは軍部の高官だった。

「みすみす侵入を許し、今なお放置されているのだぞ！　アレがいつ落ちてくるか――」

「よせ。感情的になったところで意味はなかろ」

カグライが小さく手を上げると、

「し、しかし……」

「そなたらの働きが不十分であったとは思わぬ。空をゆく島に、街道の関所など意味がないのと同様、浮遊する迷宮を引き留めるなど誰にもできぬわ」

「も、申し訳ございません」

高官が深々と頭を下げると、同様に軍部のメンバー全員も頭を下げた。

「他国の動きはどうなっておる」

「は。聖ビオス教導国から迷宮浮上の第一報が来て以降は、なにも……」

別の者が答えると「ふざけおって、自国の火種を放置か」とか「先日の『黒腐病』も彼の国の仕業ではないか」とかいう不満の声が上がる。

先代教皇の指示によって「呪蝕ノ秘毒」をばらまかれた皇国は、多くの国民が聖ビオス教導国に恨みを持っている。

「ポーンソニア王国からは随時、移動する浮遊島の所在地情報が寄せられました。どうやら王国国土を通過して、我が国へ流れると見込んでいるのでしょう。もし浮遊島が墜落した場合は、被害状況確認と被害者救護のために最低限の軍の派兵を許可してほしいと打診が来ております」

「すでに我が皇国内陸まで浮遊島は侵入しておる。必要ない」

「かしこまりました。——次に、ヴィレオセアンからも連絡が」

「む？　情報が欲しいということかえ？」

「それはもちろんそうですが、国内で兵を移動するが、それは体制変更による単なる移動であるため警戒しないように……ということです」

「……なんだそれは」

カグライは意外そうに眉根を上げた。

クインブランド皇国の西の国境がフォレスティア連合国と接していて、その国境付近を迷宮は飛んでいるのだが、ヴィレオセアンはまったく正反対の東の国境に接しているのだ。「海洋国家」と呼ばれるように広大な海に面しているヴィレオセアンは、浮遊島から見て非常に距離があり、浮遊島の影響などはないだろうに——。

「いずれにせよ放っておくしかあるまいて。情報収集は引き続き怠らぬよう。あの国が意味もなく兵を移動するわけもなかろ」

「かしこまりました」

「それよりフォレスティアはなんと言うておる」

「国境線に軍を出すと言っております」

「まあ……当然ではあるな」

「どうしましょう？」

「連合国内のことであればなにも言えぬ。くれぐれも国境を侵すなとだけ伝えよ」

「かしこまりました」

「以上か？　小国については報告不要である」

「はい、以上です。——陛下、別件で、ポーンソニア王国に出現した火龍の件ですが、我が国はなんらかの声明を発表するべきではありませんか？　皇国民からは不安に思う声が出ております。幸い、浮遊島の現在地は、冒険者ギルド以外は知るところではなく、またギルドにも情報統制をしておりますが、火龍のような目立つ話はあっという間に広がってしまい……」

「ふむ……。それについては余も考えるところがある」

「なにか名案が」

大臣や高官たちが身を乗り出すと、

「今すぐにはなにもできぬ。時期を待て」

「時期……でございますか」

「さよう。今宵の会議はこれで終わりとする。——皇宮庁長官だけ残れ」

「はっ」

ぞろぞろと臣下たちが出て行くと、部屋にはひとり、カグライと同じマンノームの老人だけが残った。

「陛下。火龍について、『時期を待て』とされたことはようございましたな。マンノームの歴史にも龍についてはとんと出てきておりませぬゆえ」

「……里はどうなっている？」

「『ルネイアース大迷宮』の浮上、それに世界の魔力量消費の不均衡を確認したために、『星白の楔』を使用することに決めました」

マンノームの里は世界に満ちている魔力量を観察している。「魔力」は、「火魔法」や「水魔法」など特定の魔法や魔術を実行してしまうとその「色」がついてしまい、その

「色」は取り去ることができない。いわばリサイクル不可能な資源なのだと、彼らは考えている。

そのため、世界の魔力が使われすぎて枯渇すると、この世界では魔法を使えなくなる。

「ルネイアース大迷宮」の浮上は「土魔法」と「風魔法」の混合魔術であろうと推測され、しかも信じがたいほど大量の魔力を消費している。そのため、世界の魔力消費のバランスは大きく崩れた。マンノームの里が宿敵サーク家との戦いを再開するのは当然だと言える。

「『星白の楔』とな？」

「はっ、大長老と『究曇（きわむるくもり）』の研究所長が隠していた、決戦兵器とのことです」

「古狸（ふるだぬき）どもめ」

端正な顔をゆがめ、吐き捨てるようにカグライが言う。自身も、マンノームの里の出身であるカグライは、優秀であるがゆえに皇国皇帝に選ばれた。里の内部は長老たちが仕切っているが、里の外、大陸への影響という点ではカグライがその重責を一手に担（にな）っている。そんな、自分も知らない秘密が里にあるということに、カグライはイラついた。

「陛下、言葉が過ぎますぞ」

すると皇宮庁長官はたしなめるように言った。

「……火龍についての判断などできぬほどに里が混乱していると理解した。であれば我が皇国が火龍に対して今から動くことはあるまい」

「仰せの通りです。表向きは調査をし、皇都ギィ＝クインブランドに出現した場合のシミュレーションだけしておきましょう」

「それでよい。今日は下がれ」

カグライが言うと、長官は深々と頭を垂れて退出していった。

だがカグライは知っている。長官が頭を垂れた相手はカグライの背後にいるマンノームの長老であって、カグライのことは長老の操り人形としか見ていないことを。

カグライから見れば、里から派遣されている長官は優秀な臣下ではあるのだが、カグライの監視役という側面を持っている。皇国皇帝という権力を手に入れたカグライが、間違ったことをしないかという監視である。実際、先代皇帝は暴走気味であり、同じマンノームの手によって葬られた。

「……あのときはウンケンが手を貸してくれたが」

マンノームであるウンケンは、かつては皇国の諜報員として活躍し、今はポーンソニア王国の衛星都市ポーンドの冒険者ギルドマスターだ。その能力と、誠実な人柄をカグライは高く評価しているのだが、すでに皇国とは縁が切れているウンケンになんらかの仕事を任せるとなったら、マンノームの里はカグライにその理由を問うだろう。

「だが、余の持っているカードはウンケンだけではない」

カグライは言うと、窓の外、北方を見つめた。

月のない夜なので遠方ははっきりとは見えなかったが、その先には確かにマンノームの里があるのだった。

ぶるり、と寒さに目が覚めたヒカルは、周囲の枯れ草に霜が降りているのを見た。太陽はゆっくりと昇っているがその光は弱々しく、雲がうっすらたなびく空を鳥が数羽飛んでいく。

お湯を沸かして簡単な朝食を摂(と)り、馬にもたっぷりのエサと水を与えると、ヒカル、ポーラ、「東方四星」の4人は再度出発した。

道のない荒れ地を進む。

小高い丘をいくつ越えても、同じような荒れた岩肌だけが見えていた。

それでも、そこが目的地だとははっきりわかった。

「――見つけた」

ヒカルが指したのは南。はるか彼方(かなた)にあるはずなのに、距離感がおかしくなるほどの物体が見えている。その姿は、上に山、下にはさらに巨大な山がくっついたようだった。

「ルネイアース大迷宮」が空を飛んで、こちらへ向かっていた。

もはや地図を確認するまでもなく、ここにいれば浮遊島は真上を通過する。

「来ます！　準備を！」

ヒカルが叫んで馬から飛び降りると「東方四星」のメンバーも動き出した。大きな荷物はここに置いていく。馬のエサを出してやり、セリカが「水魔法」で水を生み出してやる。訓練された馬なので何日かはここに留まり、ヒカルたちの帰りが遅かった場合は勝手に街へと戻るはずだ。

時間は刻一刻と過ぎていく。浮遊島はだんだんと大きくなってくる。正午になり、南中した太陽を浮遊島が遮ると、周囲は不意に暗くなった。

「おー。デカいにゃ～」

「遠征の最中だというのに、荷物が少ないのは不思議な感じがしますね」

サーラとシュフィが言うと、

「それはしょうがないわ！　だってアタシたちは今から——飛ぶんだもの！」

セリカがわくわくを隠せない口調で応じた。

ヒカルは苦笑してしまう。これからやろうとしていることは、リハーサルなしの一発勝負。もしかしたらうまくいかないかもしれないというのに、セリカは楽しそうなのだ。

「ヒカルくん、こちらの準備は整ったよ。それで……例のアイテムは？」

「こちらです」

ヒカルが取り出した革袋を見て、ソリューズは息を呑む。

「それが、『火龍のアイテム』……」

「そんな大層なものじゃないですよ」

はー、とひとつため息をついてから、

「ポーラ、もう行ける？」

「はい！　いつでも！　もし仮に墜落しても、死んでさえいなければ治して差し上げられますので、がんばりましょう！」

可能かもしれないが、全身ぼろぼろになるのなんて経験しなくていい。そこは「成功を神に祈りました」くらい言ってほしいところだが、ポーラはポーラで謎にタフになったのかもしれない。

あと、浮遊島のあの高さからすると、落ちたらふつうに死ぬ。がんばりようがない。

「ヒカルくん、時間がないよ」

「おっと」

浮遊島はどんどん近づいている。近づくとわかる、その冗談みたいな大きさが。これを浮かせるのにどれほどの魔力を消費しているのか、考えるだけで頭がくらくらする。

ソアールネイの目的はわからないが（十中八九、戦争だろうけれど）、今、ここに迷宮はある。

乗り込むチャンスは、今しかない。

悠々と迫り来る浮遊島を見上げる。

風が吹いてヒカルのマントをはためかせた。

「さあ……行こうか」

いざ、大迷宮へ。

第56章　空をゆく、伝説の大迷宮

数々の山脈に接触することもなく飛来してきた浮遊島は、標高で言うと2千メートルから3千メートルの高さにあるのだろう。今、ヒカルたちのいる場所も標高1千メートルを超えているはずだが、浮遊島はかなりの高さにある。

そんな高低差をどうやって詰めるのか。

その手段は——これだ。

ヒカルは革袋をひっくり返して、中身を取り出した。べしゃっ、と大量の液体とともに現れたサッカーボール大のもの。

「……毛玉？」

ソリューズが怪訝(けげん)な顔をするのも無理はない、どこからどう見てもただの毛玉だった。

「ええ、そうです。火龍(かりゅう)の……喉に詰まっていた毛玉です」

説明しながら自分でも、「僕はこんなものに命を預けなきゃいけないのか」という思いがふつふつと湧いてくるが、今はそれを押し殺す。

長い繊維が絡まり合った毛玉は、ところどころ赤色の光を帯びている。ラヴィアのショートワンドに巻きつけたたてがみと同じはずだが、こちらは色合いがより鮮やかだ。

「火龍の体内に長い時間あったために、魔力を通しやすくなっているそうです。で、これに魔力を流し込むと、周囲一帯に強烈な上昇気流を発生させます」

「ほんとうに……？」

疑わしそうなソリューズの顔は、火龍から説明を受けたときのヒカルの顔とそっくりだった。

「あの火龍が請け合ったのだからほんとうのことでしょうね。人間くらいなら何人でも大空にはね飛ばすそうです」

人の世に深く関与しない火龍は、この毛玉を「たまたま吐き出し」、「それを人の子が利用するのは自由」というようなことを言った。

もちろんヒカルだって最初は疑った。だけれど火龍が——空を悠々と飛び、天を焦がすほどの火を吐く火龍が言うのならば効果は確かだろう。1回しか使えないらしく、リハーサルができないのがつらいところだけれど。

「ま、まあ……信じるしかないか」

こんな北方の辺境までついてきたのに、毛玉が出てきたのだからソリューズとしても肩すかしを食ったような気分なのかもしれない。

「信じられない気持ちは理解できますけどね……とはいえ、やりましょう」

ヒカルが空を見上げると、黒々とした腹を見せて、浮遊島が迫ってくる。

「頼むよ、ポーラ」

「はい！」

汚いとか思わないのか、ポーラはためらいなく濡れた毛玉に手を触れた。

「冷たくてごわごわしています」

「なんかごめん」

「いえいえ。やりますね」

「うん。——皆さん、こっちに集まって！」

ヒカルが声を掛けると、「東方四星」が全員集まった。

ポーラの身体から魔力があふれ出す。彼女の身体は金色に輝き、その手からたてがみの玉へと光が移っていく。

魔力が込められた瞬間、血が血管を流れるように、赤い光が繊維から繊維へと伝っていった。

カッ、と強烈な光が放たれると、ヒカルは思わず目を背けた。

いきなり——周囲が暖かくなった。そして風が吹いた。暖かな風が。それは渦となり、突風となり、暴風となった。

「おっ……」

ふわ、と身体が浮いて、ヒカルの足が地面から離れる。

「おおおおおおおおっ⁉」

渦のような上昇気流が発生し、ヒカルの身体はどんどん空へと舞い上がっていく。とんでもない速度で、しかも渦に乗せられているから、小さな円がだんだん大きくなり、やがて半径50メートルほどの円周に沿って空へと舞い上がる。超巨大な洗濯機に入ったような状態だった。

「きゃあああっ⁉」

「こ、これは……！」

ポーラとソリューズも手足をバタバタさせながら風に乗っている。

「きゃははっ、これはすごいにゃ～～～‼」

「なにこれ⁉　スカートめくれちゃってヤバいんだけど！」

「ひゃあああ……」

残りの「東方四星」メンバーも舞い上がっている。

地面はあっという間にはるか遠くになり、ぽかん、とした顔でこちらを見上げている馬たちがいる。

逆に浮遊島はみるみる近づいてくる。

上空の冷たい空気が混じってきて、気温が下がる。

気がつくと、ヒカルたちは浮遊島よりも高いところへと来ていた。

「!!」

迷宮を見下ろして、ヒカルは気がついた。

見た目が変わっている。

聖ビオス教導国の聖都アギアポール郊外にあったとき、大迷宮は入口の一部が露出していただけだった。

今は、いくつかの山が中央にあるものの、石畳が広がり、石柱も立っていた。涸れた噴水に、石造りの建物がちらほらと立っている。まるで神殿を祀っている宗教施設のようにさえ見える。

さらに目を惹かれるのが、島を囲むように、外周に等間隔で立っている謎の塔だった。

塔とはいっても、高さは3メートルほど。島の外側に向けてのぞき窓が開いているが、それだけの塔である。

(あの塔でぐるりと囲むことで、島が崩れないように維持しているっぽいな。そして、それだけじゃない……あれは攻撃用の塔でもある。のぞき窓から砲撃できるんだ)

推測にすぎなかったが、ヒカルはほぼ確信していた。

つまるところこの浮遊島は、「移動する迷宮」であり「移動する要塞」でもあるのだ。

「——なるべく集まって！　着陸しましょう！」

ヒカルは叫ぶと、身体をねじって少しでもポーラとソリューズに近づこうとする。

「ヒカル様！」

「手を！」

差し伸べた左手をポーラがつかみ、

「い、いいの⁉」

「なにがですか！　早くつかんで！」

右手をソリューズがつかんだ。

「集まったら『風魔法』を‼」

ソリューズのすぐ後ろにまで来ていたセリカに声を掛けると、

「任せてよね‼　でもスカートの中を見たら怒るわよ‼」

「見ませんよ……」

「なに引いてんのよ！」

「この状況でそんなこと言えるメンタルがすごい」

ヒカルは心から思った。

「『歌うはやむことなき旅の歌、歩みを止めぬ風の旅人よ、我が力となれ……空圧結幕（エアウォール）』」

それは「風魔法」の中でも初級のものだった。圧縮された空気の層を作り出す効果があり、狭い通路などで使うと矢を弾（はじ）くことさえできるほどの防御力を発揮する。

これほど開けた場所では、突風を吹かせるくらいしか効果がないが――その突風こそ、まさにヒカルたちが必要としているものだった。

「う、おっ!?」

セリカの精霊魔法の練度は高い。「風魔法」の性能は想像以上だ。ヒカルたちは、まるで大きなクッションに身体を押し出されるように、渦の外へと飛び出した。

「セリカさん!!」

飛び出せば、待っているのは自由落下(フリーフォール)だ。100メートルほど下に見えていた浮遊島の石畳に向かって、ナナメに落ちていく。

「人使いが荒いわね！」

ヒカルたちの後ろからセリカたちもついてくる。

「『空圧結幕』!!」

再度同じ魔法が放たれると、進行方向に空気の層が現れる。

「ぐっ」

凝縮された空気は水中のように呼吸がしづらい。速度はどんどん落ちるが、肺の中の空気は吐き出されるばかりで減る一方だ。

だがこの減速のままでは石畳への強打は免(まぬが)れない。

空気の層のせいでセリカは詠唱ができず、次の魔法を放てない。

「く、そ……！」

どうする。

甘んじてケガを受け入れるか。ポーラなら治せるはずだ。でもポーラが大ケガを負って「回復魔法」を使えないような状態になってしまったら？

どうする――。

「――私の出番だね」

ソリューズはこの空気の中で平然とそう言ってのけると、握ったヒカルの手を引き寄せる。ヒカルとポーラの位置が、ソリューズと入れ替わる。彼女は全員の先頭に立ったのだ。

「はあああああ……」

手にしたのは赤の魔剣だ。ソリューズは魔剣を引き抜くや一気に振り切った。

すでに石畳まで20メートルを切っている。

その斬撃はヒカルの目にもはっきりと見えた。赤い刀身が伸びたように見え、その剣先が石畳にめり込むと、石畳が爆（は）ぜた。

爆風。

それは「蒼の閃光（ブルーフラッシュ）」や、かつてソリューズが使っていた「太陽剣白羽（ホワイトレイブレード）」にはない特性だった。

だがその爆発を確認するまでもなく、くるりとこちらを振り向いたソリューズはヒカルとポーラを両腕で抱きしめた。

「ちょっ……」

ハッ、とした。爆風をもろに浴びるとヒカルたちの落下速度はぐっと落ちるが、同時に爆発によって石畳の破片が飛んでくる。それをソリューズが一手に引き受けている。

「ソリューズさん!!　それは——」

「足元に気をつけて、下りるよ」

「!!」

すぐにヒカルの足は硬い地面に触れた。と同時に、足に力が入らなくてその場にしゃがみ込んでしまう。それはソリューズもポーラも同じことだった。

なんとか両手を突いて起き上がると、

「ソリューズさん!!　ケガは!?」

彼女の背中を見ると、マントは引き裂かれており、内側のレザーメイルにも傷がついていた。腕にはぱっくりと裂傷ができていて血が出ている。

ポーラがすぐに「回復魔法」を発動すると、ソリューズの傷は治っていく。その間にも遅れて着地したセリカたちが駆けてきた。

「まったく無茶をするわね！」

「それを言うなら、この計画自体が無茶の塊みたいなものじゃないか」

セリカの言葉に笑うソリューズは、この程度の傷なんてどうってことはないとでも言いたげだった。

「ソリューズさん……。あの場でダメージを引き受けるべきなのは僕でしたよ。自己犠牲みたいなことはやめてください」

「………」

「ソリューズさん？　聞いているんですか？」

「い、いや、その、近い近い。近いから」

ヒカルの顔のすぐ前にソリューズの顔があった。

いや、引き寄せて抱きしめたのはそっちだろ、とヒカルは思ったが、

「魔法、終わりました！」

「あ、ありがとう、ポーラさん」

ソリューズは立ち上がるとさっさとヒカルから離れた。

「ヒカル！」

「いだっ」

いきなり頭をひっぱたかれた。もちろんそこにいるのはセリカだ。

「言いたいこともいろいろわかるけど！　ソリューズに言わなきゃいけない言葉があるで

しょ！」

「え？　あ……」

ふー、と息を吐いた。

「ありがとうソリューズさん」

「……た、たいしたことではないさ。仲間を守るのは前衛の仕事だからね」

ああ――そうか。

ヒカルは理解した。

ソリューズの行動はまったく迷いがなかった。ヒカルが拒絶する間もないくらいのスムーズな動作だった。冒険者として、「東方四星」のリーダーとして、「仲間を守る」ことは彼女の役割であり、染みついているものなのだろう。

「……すごい。当然のことを当然のようにできるのはほんとうにすごいと思います」

だからこそ、ヒカル――シルバーフェイスに命を救われたソリューズは、今まで経験しなかった「守られる」ことでヒカルを強烈に意識することになったのだが、ヒカルはまったくそこには気づいていなかった。

「いやほんとに、たいしたことではないから」

「いやいや、すごいですよ」

「君に褒められるとなんだか変な感じがするからやめてほしくてね……」

「でもすごいものはすごいと――」

「すとーっぷ」

間に入ったのはサーラだった。

「イチャイチャするのはそこまでにしよ？」

「イ、イチャイチャ!?」

ソリューズが真っ赤になって驚くが、

「いーからいーから。ふたりともちゃんとして。ここはもう――敵地なんだよ～」

サーラの言うとおりだった。

周囲を見ると、土埃で汚れた石畳の向こうに、迷宮の入口がある。だがその入口は以前見たときのそれとは違っている。

「ええ……行きましょうか」

ヒカルもまた気を引き締める。

ここからが、「ルネイアース大迷宮」だ。

ヒカルたちが態勢を整えて入口へ入っていった――その10分後のことだった。

上昇気流に巻き上げられた人物がもうひとりいたのだが、ヒカルはその存在には気づかなかった。

◇

「――正面から2体、右からもう1体追加！」

迷宮内は様変わりしていた。

剥き出しの洞窟のようだった見た目ではなく、整備された通路が続いている。これは人工の迷宮にはよくあるものだったが、ヒカルが受けた印象は「まるで要塞内部みたいだ」というものだった。

通路の途中途中にある小部屋には罠が仕掛けられ、死角から敵が襲ってくる。

その敵こそが今、戦っている相手だ。

尖った足先で、よくも歩き、走れるものだと感心してしまうが、こいつとは以前ヒカルも戦っている。つるりとした体表に尖った頭。伸びた腕はそのまま刃となっている。

「ゴーレム相手なら何体来てもたいしたことはない」

ソリューズは魔剣を閃かせ、魔導生命体であるゴーレムの腕を、足を、斬り飛ばしていく。

ゴーレムは魔術によって動くのでどれほどスピードが速くとも動きは単調だ。「ルネイアース大迷宮」の跡地、地下深くで魔導人形と対戦したときにはジルアーテが圧倒していたことをヒカルは思い出す。

ソリューズの腕前はジルアーテよりも上だし、さらに武器が優れている。大迷宮で発見した赤の魔剣は、やすやすとゴーレムを切り裂いた。

（逆に、僕には荷が重いんだよなぁ……）

気配でも、魔力でもなく、単に機械的に動きを捉えてくるゴーレムには、ヒカルの「隠密」が通用しない。

「ふー」

剣を納めたソリューズが軽く息を吐いた。彼女の周囲にはゴーレムの残骸が5体転がっており、そのうちのいくつかは首だけになって、埋め込まれた魔石の目がちかちかと光っている。

ソリューズの額にうっすらと汗が浮かんでいた。シュフィに渡された水筒の水を飲んでからハンカチで拭っている。

「……な、なにかな、ヒカルくん……こちらをじっと見て」

「あー、すみません。あっという間に制圧してしまったので、さすがだなと思いました」

「い、いやあ、こんな強い剣があればあれくらいは……」

「魔剣の力ももちろんあると思いますけど、ソリューズさんの身体能力の高さには驚かされます。さすがはランクB冒険者」

「褒めすぎだよ」

そっけないふうに言って顔を背けたソリューズだったが、その顔は耳まで真っ赤だった。ヒカルは、ソリューズに尻尾があってぶんぶん左右に振れているのを幻視した。

(危険に巻き込みたくはなかったけど、ソリューズさんたちのおかげで迷宮の進行が楽になるのは間違いなさそうだ)

休憩を挟んで再度出発する。

(問題は……前回の大迷宮とまったく違うこと)

要塞の形となっている現在の大迷宮は、通路が入り組んでいて、どこをどう通ればソアールネイのいる最奥にたどり着けるかわからない。前回の、階層ごとに数字がふってあって下りる階段も1か所しかない、というのは相当に良心的だったということになる。

ヒカルの「魔力探知」も１００メートルほどが探知の限界なので、最短ルートを探すこともできない。

(でも「探知拡張」のスキルにポイントを振ればもっと広範囲に探れそうなんだよな)

ヒカルの「ソウルボード」の「魔力探知」のポイントはＭＡＸである5だが、これが3になったタイミングで派生スキルである「探知拡張」が出現していた。説明はこうなっている。

『【探知拡張】……探知できる範囲を拡張する。最大で3。』

どれくらい広がるのかはわからないが、この浮遊島は直径が10キロメートル……あるいは20キロメートルを超えるほどの広さがあるので、探知範囲は広ければ広いほどいいだろう。

「——ちょっと待って。この先に誰かいる……数人」

ヒカルの「魔力探知」に引っかかったのは数人の人影だった。

「それってもしかして、冒険者じゃないかな」

ソリューズの言うとおり、ここには取り残された冒険者たちがいたはずであり、その推測は当たった。

広々とした空間があった。床面には溝が掘られており、その先には巨大な鉄塊を運ぶための車輪がある。鉄塊はホコリをかぶっていたが、砲塔がついているところを見ると、この要塞の攻撃兵器なのだろう。

そんな空間の隅っこに7人の冒険者たちがいた。

「アンタたち……助けに来てくれたのか!?　って、『東方四星』!?　ビッグネームじゃねえか！」

話しかけてきた長身の冒険者は痩せ細っていたが、まだ気持ちは折れていないようだった。他のメンバーのうち3人は横たわったまま動かず、3人は座り込んでいたが、「東方四星」だと知ってすすり泣いている。

話を聞いてみると男女混合のこの7人は、「ルネイアース大迷宮」に調査目的で入っていた3パーティーのメンバーで、大迷宮の浮上に巻き込まれた。洞窟が崩壊を始めたので逃げ出したのだが、いつの間にか現れていたこの要塞の通路に迷い込むと、バラバラに探索をしていた3パーティーは合流した。

そこに現れたのがゴーレムだった。

「他のメンバーたちは……死んじまった。あいつらにやられて……」

長身の冒険者は悔しそうに唇を噛んだ。

あのゴーレムとまともに戦うのは一般の冒険者レベルならば難しいだろう。

「な、なあ、食い物を持ってないか？　魔法で水だけはなんとか飲んでいたが、もう3日もなにも食ってなくて……」

「携帯食料を持って来ているから、それを分けよう」

「ありがてえ！　恩に着る！」

食料があるとわかって、生き残った7人は目を輝かせた。セリカが食材の入った袋ごと彼らに渡すとワァッと歓声が上がった。横になっていた3人も飛び起きた。それは日持ちする乾パンに干し肉、ドライフルーツといったものだったけれど、彼らは貪るように食べ始めた。空腹にいきなり食べると消化に悪いのだが、最悪「回復魔法」でなんとかするという荒技があるようだ。

「……どうする？　一度戻ろうか、シ・ル・バ・ー・フ・ェ・イ・ス」

振り返ってソリューズが聞いてきた。冒険者たちの目があるので、すでにヒカルもポーラも仮面を着けている。

「彼らをこのまま奥に連れていくわけにはいかないよね？　ここにいても安全だということもないけど」

「いや、おれはそうは思わないな。上に戻ったとしてもここは空の上だ。この場に留（とど）まったほうが安全だ」

「なるほど。ふむふむ」

「………………？」

なんだかソリューズが楽しそうにうなずいている。このシチュエーションで楽しい要素なんてひとつもないのだが？　とヒカルは思っているのだが、ソリューズとしてはヒカルがシルバーフェイスになっていることがうれしかっただけだったりする。それは、ジルアーテが「ヒカル」ではなく「シルバーフェイス」と先に知り合って、彼に惹（ひ）かれたのと同じようなものだった。

「ちょ、ちょっと待ってくれ、『空の上』ってなんだ？」

冒険者が聞いてきたので、

「……驚かないでほしいのだが」

ソリューズが、大迷宮が今どうなっているのかを説明する。彼らは半信半疑という顔だったけれど、ランクBの「東方四星」がそんなウソをつくわけがないとも思っている。

「私たちはこの迷宮を制圧しようと考えているから、君たちはここで待つのが最も正しいようだ」

「だ、だけどこれっぽっちの食料じゃ……あ、すまねえ、食い物をもらっておいて文句を言うわけじゃないんだが、何日ここで待たなきゃいけないのかって思うと……」

「気持ちはわかるよ。少し情報を整理しようか。私たちはここから迷宮の外につながるルートを記録しているからそれを渡せる。道中のゴーレムは始末したからおそらく無事に外には出られるが、すさまじく高いところにいるのが現状だ」

「な、なるほど……外に出られるのはありがてえ。だけどほんとにアンタたちはゴーレムを倒したのか？」

「ああ」

「そうか……」

信じられない、という顔はしていたが、とりあえず受け入れたようだった。

逆にヒカルたちは、ここに至るまでの情報を冒険者たちから仕入れた。彼らの逃走ルートを逆に進めば洞窟エリアへと到達できるはずだ。そこから階層を下っていけば大迷宮の最奥にたどり着ける。

（時間はかかるけど、正攻法で行くしかないか……）

焦るな、とヒカルは自分に言い聞かせる。日本に置いてきてしまったラヴィアが気になってしまうが、ちゃんとこちらはこちらで進んでいる。絶対に届かないと思っていた浮遊島に上陸し、大迷宮内部にも侵入しているのだ。着実に進んでいる。

食料については、ヒカルは以前の自分がそうだったように、階層を下っていく途中で各階層のビオトープにあるものを食べればなんとかなると考えていた。なので、遭難していた冒険者たちからこの先のルートについて聞けたのはラッキーだった。

冒険者たちは分けてもらった食料も少なく、不安そうな顔をしている。このまま放っておけば外への道をたどるだろうが、外に出たところでなにができるでもない。あと3日すればマンノームの里の上空に到達するが、そこで安全な着陸など、するはずがないだろう。

（ソアールネイはマンノームの里を攻撃するはずだ）

マンノームの里には戦うための設備があるのだろうか？　グランリュークとヨシノの警告は、長老たちに聞き入れられただろうか？

「……ソリューズ、もっと食料を渡してもいい。おれのリュックサックに多めに入れてあるからな」

ヒカルはこの大迷宮で手に入れたリュックサックを持って来ていた。紫色の革でできたそのリュックサックは、見た目の3倍くらいもの容量があるという謎の造りになっている。中で空間がねじ曲がっているようなので重量はそのままなのだが、それでもかさばるものを運ぶには重宝する。乾燥させた食料なんてまさにそうだ。セリカの「水魔法」で水を出せば食料に変わる。ヒカルとポーラ、「東方四星」の全員が食べても半月はもつほど持って来ている。

（保存食だけで半月なんて暮らしたくないけどな）

ソリューズはヒカルの意図を理解したのだろう、うなずいて追加の食料を渡している。ついでにこの先起きることの危険性を言い聞かせている。ここまでしておいて彼らが迷宮の外を目指すのだとしたら、そこまではもう面倒を見切れない。

「さあ、我々は行こう」

ソリューズが言い、冒険者たちを残してヒカルたちはその場を離れた。

◇

「……ゴーレムの反応が消えた？」

大迷宮の最奥、巨大な魔石が浮かぶコントロールルームにいるのは、ソアールネイ＝サークだった。魔石の放つ青白い光に染め上げられたソアールネイの顔はげっそりしており、髪も乱れ、目の下にはクマがはっきりと出ていた。

そんな彼女はテーブルに置かれた駒のようなものを見ていた。

すべて同じ駒で、チェスで言うと兵士（ポーン）の駒に似ている。天板に直接魔導回路が刻まれており、その部分が青白く光っているが、全部で50個ほどの駒も同様に光を放っていた。

だけれど、そのうちの10個は一か所に集まり、光を失って沈黙していた。

「倒された……？　確かに冒険者が紛れ込んでいたはずだけど、この2、3日、なんの反応もなかったから死んだと思っていたのに……」

ソアールネイは考え込む。

彼女が把握できるのは大迷宮の各階層に侵入者があるかどうか、それとゴーレムを含む、設備の稼働状況だった。

「もし反応があったとしても、10体も破壊するなんてできっこない。もしや侵入者が？」

ソアールネイがまず考えたのはマンノームの侵入だ。マンノームの里では、大迷宮の浮上も、大迷宮が里へと向かっていることも、当然把握しているだろう。なんの手も打たずに迷宮の接近を待っているなんてことはあり得ない。

だけれど、それは「地上からの攻撃」という形を取ると思っていた。迷宮の高度を考えると、付近の山頂などからならば攻撃が届く可能性はある。だけれど、まさか、侵入するなんてことは想像だにしなかった。

「……どうやって？　不可能じゃない？」

魔法や魔術兵器が山頂から届くのなら、そこに人を乗せて発射すれば……。

「無理ね。人命を消耗品の弾丸のように消費するなんてこと、ヤツらはしない――私ならやるけど」

マンノーム種族と、永きにわたって暗闘を繰り返してきたサーク家は、彼らの考えも価値観もわかっている。

「侵入者じゃないとすると……もしかしてゴーレム同士が事故を起こしたとか？　そっちのほうが現実的ね」

ゴーレムたちは自律的に行動できるようにプログラムされている。

1体が暴走し、それを制圧しようと集まったゴーレムたちが同士討ちし、結果として10体ほどが損傷した――この筋書きのほうが、「侵入者」を考えるよりもはるかにあり得る。

「まあいいわ。ここに1体置いておけば、侵入者がいたところで大丈夫でしょ」

他の駒よりも数倍大きい駒を持ってくると、テーブルの上の1か所にそれを置いた。駒に魔力が通ると、その駒は他とは違う赤色の輝きを放つのだった。

「さて……それよりもやらなきゃいけないことがあるわ」

ソアールネイは大迷宮をコントロールするためのパネルの前に立った。彼女がパネル上で指を走らせると、目の前の金属板に映像が現れた。その映像は滲(にじ)んでおり、画面の端にゆがみが生じていたけれど、正真正銘リアルタイムの映像だった。

「――日本に行った甲斐があったわね。レンズを通して光を撮像素子に当てて、映像データとして取り込む。魔術で再現できそうな気がしたのよね」

その映像は大迷宮の進行方向を映し出している。荒れた山肌だけが映っている面白みのない画面ではあったが、この2日間一睡もせずに仕上げた、ソアールネイの魔術の結晶だった。

「コントロールルームにいながら外が見えるのは最高ね。この先にマンノームの里がある……さあ、いったいどんな理想郷に住んでるのかしら？」

憔悴しきった顔だったが、彼女の目は爛々としており、口元は愉悦に歪んでいた。

ばちん、と乾いた音がした。それは短く、たった1回だけだったけれど、横を並んで歩いているサーラがヒカルをチラリと見た。

「なんか今音がしたけど？」

「……ええ」

それがなんなのかヒカルにはわかっている。ラヴィアが日本で「世界を渡る術」を使おうとしているのだ――そして今回もまた失敗した。

ラヴィアからの救難信号のようなそれは、発生の間隔が少しずつ空いてきているのが心配だったが、ラヴィアが1回1回のチャレンジを大切に行っているような気もして、ラヴィアに会いたいという思いがいっそう込み上げてくる。

「それより――サーラさん、前方に敵の反応があります」

「!!」

すでに道は要塞然としていた通路から、初めて「東方四星」が「ルネイアース大迷宮」に侵入したときのような洞窟然としたものに変わっていた。冒険者たちから聞いたとおりだった。

ヒカルの「魔力探知」は、100メートルほど先の強力な魔力反応を捉えていた。

「ん～～ゴーレムは生き物じゃないから、気配を感じ取りにくいのよねぇ……」

索敵はサーラの得意分野だけに、ヒカルに先を越されるのはプライドを刺激されるようだった。鼻も効くし、耳もよいサーラは本来ならもっと早くに敵の居場所を発見できるのだが、ゴーレムは生き物ではない。敵が現れるまで置物として静止しているから、サーラはそれを感じ取れないようだ。

通路が終わると、洞窟内の広大な空間に出た。

「『第4層』から『第5層』につながるところだねぇ」

「みたいですね」

「でも、あんなのは前にはいなかったよねぇ」

空間のいちばん向こう、壁面には「４」という数字が書かれていて青白く発光しているのが本来なのだけれど、今は壁面は沈黙している。うっすらと「４」の数字の跡だけが見える。そして数字の下には下層へと続く階段通路が口を開けているはずだった。

だけれど今はそれが見えない。

なぜなら、巨大なゴーレムが塞ぐように立っているからだ。

「……以前はいませんでしたね」

こんな見た目ならば、一度見たら忘れるはずもない。

10本の脚が等間隔に生えており、まるで蜘蛛のように身体を支えている。

身体の中央にあるのは砲塔だった。大砲が3基、１２０度の間隔で配置されている。

高さは——この遠さなのではっきりとはわからないが、５メートルくらいはありそうだ。この砲塔を支える脚まで入れると、横幅は10メートルを超えている。

(浮遊島も動く要塞だけど、このゴーレムも小さな動く要塞だな……小さいって言っても、僕なんかよりはるかに大きいけど)

そう、ヒカルの「魔力探知」にははっきりと見えている。あれには魔力が通っているのだ。50メートルほどの距離を挟んでいる今は動いていないが、おそらくここからさらに踏み込むと動き出す。

「……一応聞いてみるけど、あのバケモノは動くんだよね？」

ソリューズは半笑いだ。

「もちろんです。機動力もありそうですよ」

足の先は球体になっているので、これが転がって前に進むのだろう。

「こんなものを造ってなにをするつもりなんだか……いや、明白だったね。マンノーム種族との決戦か」

「そのために造ったものではあると思いますが、今は門番として使われていますね」

「シルバーフェイスは、ずいぶんと強敵として認識されているようだね」

「いや……」

ヒカルは、ソアールネイはヒカルの侵入に気づいていないと思っている。もし気づいていたら、階層を示す壁面になにか文字でも浮かんできそうなものだ。

階層を示す数字が点灯していないから、侵入者がどこにいるのかがわからないのではないか？　要塞化する途中で魔力の接続が切れてしまったのかもしれない。

（逆に言うと、このルートは正解だ）

巨大な門番を置いて守らなければならないルートは、正解ルートに決まっている。

「アレを、シルバーフェイスの隠密（おんみつ）能力でどうにかするってことはできるのかい？」

「できませんね」

「えっ？」

「……いや、僕のことなんだと思ってます？　めっちゃ意外そうな顔してくるじゃないですか」

「あ、うん、ごめん……シルバーフェイスならなんでもできると思っていたから」

なんでもは無理だろ、ふつうに考えて。

どうする……。

「おしゃべりの時間はここまでみたいだにゃ～。動き出すっぽいよぉ」

「！」

こちらは動いていないのに、向こうが勝手に動き出すなんてことがあるのか？

（違う。元々ゴーレムは自分で動けるようにプログラムされているんだ。置物のトラップじゃない――動きながら考えよう）

ヒカルはすぐに考えを切り替える。

「来ます！　左右に展開して!!　シュフィさんとポーラは通路に退避!!」

さすがの「東方四星」はすぐに動き出し、ポーラはシュフィに袖を引かれて来た道を戻った。

キュイイイイ――と甲高い音がした。それはゴーレムの10本の脚にある球が回転を始めた音だった。

電車の始動のように最初はゆっくりと加速していくが、その速度はやがて時速30キロを超える。

「速いな……！」

この空洞は奥行100メートル弱。時速30キロで幅10メートルを超える鉄塊が突っ込んで来ると、逃げ場はすぐになくなる。そしてその迫力はすさまじいものがあった。

「壁に誘導しよ～！」

そう叫んだサーラの判断は正しいとヒカルも感じたが、

「!?」

壁に直撃しそうな速度だったのに、ギャギャギャギャギャッと音を立てながら、ゴーレムは旋回したのだ。その先にいるのはサーラだ。

「あ」

「サーラさん!?」

ヒカルは目を剝いた。サーラならば、トップスピードで走れば時速30キロ程度なら引き離せるかもしれない。だけれど今、彼女はゴーレムを壁に突っ込ませようとしてスピードダウンしていた。

すぐに彼女はゴーレムに呑み込まれる——寸前、ひらりとその姿が宙を舞う。軽やかに、ゴーレムの脚を右足で踏むと、その勢いに弾き飛ばされながらも数メートル飛んでかわしたのだった。

「あだだっ」

ネコのように両手両足を突いて、全身でショックを殺すように着地した。だがそれでも殺しきれなかった衝撃に、サーラは涙目だった。

「あれを、かわすのかよ……！」

とんでもない身体能力だ。ソリューズの剣技はすごいし、セリカとシュフィの魔法もすごいのでサーラの影は薄くなりがちだが、Bという高ランクは、やはり伊達(だて)ではない。

「ゴーレムから離れて!!　魔法を撃つわ！」

大空洞のちょうど反対側で距離を置いたセリカが叫ぶ。

「『火炎連射(ラピッドファイア)』」

セリカの手にしていた杖(つえ)が煌々(こうこう)と赤く輝くと、そこから放たれたのは光の矢だった。超高温の炎弾だ。それが何発も何発も飛んでいく。明かりの乏しい大空洞を明るく照らし出した光はゴーレム目がけて走っていくが、ゴーレムはそこで一段と速度を上げたのでぎりぎり当たらない。

「まだまだぁ！」

セリカの連射は終わらない。炎弾は大空洞の壁面を破壊しながらゴーレムの後を追っていく。やがてゴーレム本体に当たる――と思ったとき。

「!?」

ゴーレムの足先が壁面に当てられ、

「上!?」

壁面を削りながら上へと上っていったのだ。

セリカの魔法が空振りに終わったあと、壁面からジャンプし、半回転して着地する。床が割れ、衝撃にヒカルの足元も揺れた。

『キィィイイイイ——』

甲高い機械音が聞こえた。

即座にヒカルが「マズい」と思ったのは「直感」スキルのなせるわざだろう。

「逃げろ!!」

そのとき大空洞内では、セリカがシュフィとポーラにいちばん近い入口付近にいた。次にソリューズがそちらに向かっており、ヒカルとサーラは「第5層」につながる出口の前——最初にゴーレムがいた場所にいた。

「え、なんで——ちょっ、ソリューズ!?」

ソリューズはヒカルの言葉を疑うことなく信じ、セリカを抱きかかえると入口通路へ向かって駆ける。

ゴーレムの、3方向に向いている大砲が青白く光った——瞬間、レーザービームのような直線の魔力砲が放たれた。ビームは易々と壁面をえぐった。

砲塔が回転し、大砲が上下に揺れ始めると、レーザービームは大空洞内を縦横無尽に削りまくる。ミラーボールの乱反射のごとき光の乱舞だった。

「わっ、たっ⁉」

「サーラさん、こっち‼」

「にゃ〜〜！」

ヒカルとサーラが「第5層」へと続く階段通路へと飛び込んだ直後、ふたりの後頭部ギリギリをかすめてレーザービームが真一文字に走っていった。壁がえぐられ、溶けた鉱物のニオイが漂ってきた。

「な、な、なんなん⁉　アレなんなんなん⁉」

「落ち着いてください、サーラさん」

「なんで君はそんなに冷静なのよぉ⁉」

さすがのサーラも取り乱しているようだった。

確かに、あんなふうにやたらめったら殺傷能力高めの攻撃を繰り出してくる敵なんて、そんなにはいないだろう。

ヒカルは話に聞いただけではあったが、「東方四星」がこの大迷宮で遭遇したという巨大キマイラのようにわかりやすく強そうなモンスターだったら、心の準備もできたのだろうけど。

　でも今回のゴーレムは、むちゃくちゃだ。

　壁を伝って登れるし、ビームまでぶっ放す。たまたま——ほんとうにたまたま、ヒカルたちは通路に近いところにいたから逃げ切れたが、通路から距離のある場所にいたら今ごろレーザーで身体をバラバラにされていた。

　ヒカルとて落ち着いているわけではない。

　ただここでパニックに陥ったら死ぬと、わかっているだけだ。

「サーラさん、まだです」

「え……」

「こっちに向かってますね、ヤツは」

「えええ!?」

　レーザーが破壊の限りを尽くす音に混じって、ギョリギョリギョリと地面を削る音が混じる。それはゴーレムが、ヒカルとサーラ目がけて移動している音だった。

「この先へ！　走りますよ！」

「で、でもあの巨体じゃこの通路を通れないんじゃ——」

「僕は行きます！」

「ええっ!?」

ヒカルの「直感」は「逃げろ」一択だった。

ふたりがダッシュして階段を駆け下りていくと、狭い通路に反響して破壊音が降ってきた——レーザービームが壁を破壊する音が。

来た。

ずんっ、という衝撃が伝わってきたのは、ゴーレムが階段のある狭い入口に激突したがゆえだろう。

「ほら、やっぱりあの大きさじゃ通れない——」

走っていたサーラは、後ろを振り返って目を瞠った。

ガキャガキャゴキンと金属音がするや、10本の脚のうち、4本を残して残りがその場で外れたのだ。前に2本、後ろに2本というスリムスタイルになったゴーレムは、

「来たぁぁぁあああ!?」

階段をすさまじい速度で駆け下りてきた。

「ってシルバーフェイス!?　先に行っちゃったの!?　ひどくね!?」

後ろを見ていたせいで速度の落ちたサーラを置いていったのだろう、ヒカルはもうそこにはいなかった。サーラも本気ダッシュでその後を追うのだが、階段を破壊しながら下ってくるゴーレムは坂道でさらに加速してくる。

やがてサーラは「第5層」のエントランスエリアに到着するのだが、その直後にゴーレ

ムもまた降り立った。

「ヤバ——」

振り返ったサーラが見たのはレーザービームをまき散らしながら突っ込んで来るゴーレムだった。4本しかない足では不安定極まりなかったが、それでもサーラひとりを轢く（ひ）か、レーザービームで焼くかするには十分だろう。

「！」

けれど、サーラが注目したのはゴーレムではなかった。

彼女が出てきた通路の上、「5」という数字が本来書かれているはずの場所——その壁に張りついている仮面の少年だ。

ゴーレムが「第5層」に到着した瞬間、ふわりと、ヒカルが落ちてきた。

まるでベッドに飛び込むくらい気軽な動作だった。

砲塔は高速で回転している。

首を薙（な）ぎ払（はら）うように伸びてきたレーザービームをかわしながら、サーラはその一部始終を見守った。

砲台に乗るや自らも高速で回転するヒカル。だというのにあわてた様子は一切なかった。とんでもない度胸だとサーラは思う。鎧袖一触（がいしゅういっしょく）で死ぬかもしれないゴーレムに、ことなげに飛び乗ってしまうのだ。

ヒカルが手にしているのは動物の骨から削り出したような短刀。これを3台の大砲の中心の連結部分に突き刺すや、ぐりぐりぐりと動かす。

すると——ヴウウウンンンンという振動音とともに、蛇口を閉じた水道のようにレーザービームは細くなり、ゴーレム自体の発光も消えていく。

「にゃっ」

サーラが横に飛びのくと、彼女のいた場所をゴーレムは走り抜き——壁面に激突してそのまま横倒しに倒れたのだった。

「ふう……」

もちろんヒカルはその前に飛び降りているが、

「……目が回る」

足元が少々おぼつかないようである。

超高速で回転し、頭をシェイクされたのだから当然と言えば当然だ。火龍の毛玉の上昇気流でぶん回されたり、砲台で振り回されたりと、今日はよく回る日だな……なんて考えている。

「………」

それでもヒカルはサーラの前へとやってきた。

「サーラさん、ケガはないですか？」

「…………」

「サーラさん？　もしかしてどこかケガしました⁉」

「……これは。ソリューズが惚れるのもわかるなぁ……」

「え？　今なんて？」

「んーん。ウチは純愛派ですから、泥沼の恋愛模様に突入する気はないよぉ」

「――は？」

ワケがわからない、という顔をしているヒカルにサーラは言った。

「で？　ウチを囮にするってどういう了見かねえ？」

ぎくり、としたようにヒカルはそっぽを向いた。

「……それは、誤解があるようですね」

「いんや～、ウチが出遅れても、放っておいて逃げたのってそういうことだよねぇ？」

「アレはですね、ゴーレムの探知範囲があるので、物陰に隠れていれば探知されなかろうという考えで、僕が壁の上に隠れるのをゴーレムに視認される前に行動したかったんですよね。決してサーラさんを囮にしたわけでは」

「ウチに突進していくゴーレムを見て『しめしめ』って思ったでしょ？」

「そんなことは」

「全然思わなかった？　微塵も？」

「……ちょっとだけ」

「ほら！」

ヒカルに近づくと、サーラはその脇腹に人差し指をちょんとやった。

「うわっ、ちょっ、なにするんですか！」

「悪い少年にはお仕置きだぞ～」

「ひゃっ、ダメですって、くすぐったい……うはははは っ」

「逃げたってダメよぉ」

「無駄に身体能力高いですよね!?」

とそこへ、

「シルバーフェイス！　サーラ！　どこに……」

飛び込んで来たのはソリューズだったが、彼女が目にしたのはじゃれあっているふたりと、その向こうにある沈黙したゴーレムだった。

「……へぇ」

「ご、誤解だよソリューズ!?　ほんと誤解だかんね!?」

能面のようになったソリューズの機嫌を直すのに、サーラはそれから30分くらい苦労したという。

◇

白雉島（しろきじじま）という小さな島に埋もれていた、大量の魔力結晶を手に入れたラヴィアだったが、困ったことがふたつあった。

ひとつは、「世界を渡る術」を実行するにあたって失敗を繰り返した場合、魔力結晶が枯渇してしまうこと。

もうひとつは、「世界を渡る術」を実行する場所だった。

葉月（はづき）の家には両親が帰ってくる。そうなるとラヴィアもここに居続けるわけにはいかないし、そもそも「世界を渡る術」は派手な音を出すのでマンションは不向きだ。

日本の滞在歴はまだ1か月程度というラヴィアは、ひとりで悩んでも答えが出ないと思い、日都（にっと）新聞の記者である日野（ひの）に相談した。

相談したのは3日前。

そして今、ふたりはとある場所に来ていた。

「……だ、大丈夫かい、ラヴィアちゃん？」

日野は——ビビっていた。

「お、俺がセッティングしといてなんだけど……」

「はあ、なにか問題がありますか？」

反対にラヴィアはけろっとしていた。ラヴィアは「言語理解」と「言語出力」のスキルがあるおかげですでに日本語は難なく話せるし、それどころか英語やフランス語もすこし理解できるようになっていた。

「こんなたいそうな施設に来ることになるとは思わないじゃん？」

ふたりがいるのは——地上5階建て、地下も5階まであるという無機質なコンクリートの建物の前だった。

I県馬句（ばく）市にあるこの施設は、国立大学の所有しているものだった。その国立大学は馬句市に学園都市なんて言えるほどの広大なキャンパスを持っているのだが、この施設だけは郊外——山の中——にあった。

ここは、極めて危険な細菌やウィルスなどの研究を行うための、バイオセーフティレベル4の研究所だった。たまたま、竣工（しゅんこう）したばかりで開所が3か月後の4月に控えているという状態。今だけ限定で借りることができたのだった。

とはいえ、一介の新聞記者である日野に、そんなとんでもない施設を借りる権力があるわけもない。

「待っておったぞ！」

研究所の前にいたのはひとりの老人だった。顔はホームベースのように五角形で、小さな身体を白衣に包んでいる。ちなみに言うと白衣の下はツナギだった。

「荒井先生、ご無沙汰しております——」

「そっちの子が異世界人かね!?」

荒井と呼ばれたその老人は、日野の挨拶を無視してラヴィアの前までやってきた。

「……わたしにはラヴィアという名前があるわ」

「おお、そうか。ラヴィア君、ワシは荒井源助。量子力学を研究しておる。この施設を持っとる大学で教授をしておってな——ああ、量子力学というのはね」

「知ってる。一般相対性理論を使った学問でしょ」

「なんと！」

荒井教授は目をきらきらさせた。

「日本語を流暢に操ったかと思うと、量子力学についてまで知っているとはすばらしい！」

「それはいいから、早く案内して」

「もちろんじゃ！」

ラヴィアの素っ気ない対応など気にもせず、スキップでもしそうなほどに浮かれた足取りで老人は施設へと入っていく。施設名を示すプレートが掲示されるであろう場所は空白で、まだ「箱」ができただけの建物は閑散として寂しい印象だった。ラヴィアは戸惑う日野を放っておいて中へと入る。

内部は、新しい建物特有の建材のニオイが漂っている。荒井教授以外に誰もいないなんてことはなくて、奥からやってきた若い研究所員が入れ替わりで外へ出ていき、ラヴィアと日野が持ち込んだ魔力結晶を運んでくれる。

荒井教授は、地下へと続くエレベーターに乗り込むと、ラヴィアが乗るのを待って口を開いた。

「ラヴィアくん、この施設についての説明は聞いているかね」

「ええ」

「そうか！　地下は頑丈な造りになっているから、存分に研究をしてよろしい！」

研究といえば、確かに研究だ。

ラヴィアはここで「世界を渡る術」を行おうとしているのだから。

「——ええ、存分にやるわ」

魔力結晶の運び出しに協力してくれた日野に、今度は「世界を渡る術」をどこでやるべきかについて相談したところ、彼はこの荒井教授を思い出した。

「学会の変わり者」、「死後に理解される孤高の天才」などと言われているこの教授は、研究内容が難解すぎて誰にも理解されなかった。それでも国立大学の教授の地位にあり、こんな研究所を借りられるくらいの権限を持っているのは、たまたま彼の同窓生が大学の学長になったからだった。

学長は荒井教授を天才であると見抜いている——というわけではなく、研究内容は理解していないが、彼の論文が発表から数年、あるいは10年以上経ってから最先端研究が追いついて評価されるという事実を信じており、荒井教授に権限を与えていたのだった。

そんな荒井教授が、量子力学の常識を根底から覆しかねない「異世界」の存在に興味を示さないわけがなく、相談を持ちかけてきた日野に全面的な協力を約束し、「世界を渡る術」の実験データを取ることと研究することを許可してくれるのを条件に、場所を提供してくれたのだった。

「この先だ！」

齢60をとっくに超えている荒井教授だったが足取りはしっかりしており、ラヴィアを導いて無機質な廊下を先へと進む。

足元が鉄網で、左右に空気穴が開いている小部屋に入ると、

「本来は化学防護服の着用と、オートクレーブによる滅菌が行われるべきであるが、今回の実験で異世界にパスがつながったら考えるということでよかろう」

「ふーん」

ラヴィアはまったく無関心で先へと進んでいった。

電子ロックを解錠し、分厚い扉が左右に開いたそこにあったのは——2階分の高さの吹き抜けの実験場だった。

広い。

20メートル四方はある、がらんとした空間だった。

壁も床も白色で塗られており、2階分の高さから柔らかな光が降り注いでいる。

透明なアクリルパネルによって遮られた観察室が高いところにあって、そこに研究所員が数人いた。

観察用なのか監視用なのかわからないカメラも設置されている。ラヴィアは、いくつもの視線を感じるのだった。

「どこでやってもよいが、真ん中にするかね」

「どこでもいい」

「ではゆこう」

荒井教授が入っていくと、ちょうど後ろから助手たちが魔力結晶の入ったバッグを運んでくるところだった。

「ラヴィアちゃん！」

日野も助手たちといっしょにやってきた。

彼は観察室を見上げると、そちらにぺこりと頭を下げた。

「あれは誰？」

「学長……この施設を持ってる大学のいちばん偉い人だよ」

「そうなんだ」

日野は学長を気にしているようだが、ラヴィアにはどうでもいいことだった。

すると、

『プロフェッサー荒井！　その子が例の子？』

実験場の中央にはテーブルとイスが４脚あって、バッグはテーブルに置かれた。

声が聞こえたのはバッグの横にあるラップトップＰＣからだった。その画面には５人ほどの顔が映っているが、そのどれもが日本人ではない顔つきだった。白人にアジア系、アラブ系、男女もバラバラだ。

「質問はテキストにしてくれと言ったがね？」

荒井教授はＰＣの前に歩いていくと、ため息交じりに言った。

『別にいいじゃない。実験準備をしている間くらいは話したって』

白人の老女が言っている。

「ひぃ～……」

蚊の泣くような悲鳴を上げる日野。

「今度はなに？」

「あ、あの画面に映ってる方々……めちゃくちゃ有名な科学者なんだよ！　ノーベル物理学賞を受賞してる人もいるし！」

「ふーん」

「ラヴィアちゃんが読んでた『サイエンティフィックアドベンチャラー・一般相対性理論を巡る冒険』を書いた人だよ!?」

「ほんと!?」

今まで無関心だったラヴィアが、本の著者がいるというだけで目を輝かせた。

ははーん、なるほど？　ラヴィアちゃんを動かすには本をエサにすればいいんだな？

――と日野が気づくくらいにわかりやすい反応だった。

『オーマイガッ。なんて可愛らしいの！　異世界人はあなたのようにみんな可愛らしいの!?』

ラヴィアが近づいていくと白人の老女が英語で口走る。

するとラヴィアも、

「あなたの書いた本を読みました。知的好奇心をくすぐる文章がとても巧みで、眠ることも忘れて一気に読んでしまいました」

『英語!?　あなた、英語も話せるの!?』

『おい、エリー。彼女を独占するな。――私の名はアルフレッドだ。ＵＡＥの大学で教鞭をきょうべん――』

『魔法なんてものは存在しない！　すべては科学によって証明されるだろう！　プロフェッサー荒井は信じているようだが、私の仮説では――』

『髪の色は、それ、地毛かい？「東方四星」も変わった色の髪をしていたが――』

「やかましい！」

あーだこーだとしゃべり出したオンライン上の科学者たちに怒鳴ったのは、もちろん荒井教授だった。

「こっちの好意で見せてやっとるんだぞ！　黙らんようなら接続を切るからな!!」

『オゥ……プロフェッサー荒井、落ち着いて』

「黙れと言ったろうが！」

ぷりぷりしている荒井教授に、日野は言った。

「あの――……先生、うるさいならスピーカーをオフにしたらどうですかね」

「…………」

荒井教授がピタリと止まったのは、初歩的な指摘を――あたかも機械音痴の老人に対するような指摘を受けたからだろう。

「……日野くん、君が助けてくれと言うからワシはこの施設を借りてやったんだがね？」

「そ、それは感謝してます！」

「聞きたいのだけれど、この人は、わたしがやろうとしていることを海の向こうの科学者たちにしゃべったの？」

ラヴィアが言うと、またも荒井教授はピタリと止まった。

「それは――そのぅ……。はい」

　日野に対する態度とは真逆の、弱々しい声だった。

「わたしの許可も得ずに？　施設を貸す立場だからそれくらいしてもいいと思った？」

「いや、その」

『あはは、プロフェッサー荒井があわてているわ。いい気味よ』

　荒井教授は画面を見もせず、ラップトップを閉じて接続を切った。

「ワシがこの施設を借りたということを嗅ぎつけた連中が、うるさくて、そのぅ……悪気はなかったんだが、言ってしまった！　すまぬぅ！」

　この教授の偉いところは、自分の過ちを認めてすぐに謝れるところだった。

　ラヴィアは腰に手を当てて、ふー、とため息をつく。

「謝るなら日野さんに、よ」

　え、俺!?　いやいやいや、俺!?　と自分の顔を指差している日野だったが、

「すまぬ、日野くん！」

「いやほんとそんな俺なんて！」

　新聞社内では「デスクなんてよー、いずれ俺が超えてやるんだ」とか息巻いている日野だったが、意外と権威に弱い。アカデミックな分野だとなおさら相手を「すごい人」と捉えてしまう傾向がある。それは高校、大学と体育会系一直線だったことによる。

「日野さんは新聞記者という立場なのにわたしのことを記事にせずに、ことの推移を見守ってくれてる。だというのにあなたは、秘密をあっさりと漏らした」

「……ラヴィアちゃん」

自分のことをちゃんとラヴィアが認めてくれていたことを知って、少々感動する日野である。

「まあ、大丈夫だよ、ラヴィアちゃん。ここを借りる時点で秘密を知る人間は増えると思っていたし……。だけど教授、ここの人たちはちゃんと秘密を守れるんですよね？」

「も、もちろんだ！　それにオンラインで見ている連中も、ワシ同様、口は固い！」

「…………」

「…………」

ワシ同様、という言葉のせいでうさんくさく感じるラヴィアと日野だった。

とはいえ——この施設でラヴィアは「世界を渡る術」の実験を開始することになる。それは向こうの世界で、ヒカルが火龍(かりゅう)を呼び出した日のことだった。

荒井教授はさまざまな測定器を運び込んで「世界を渡る術」を実行したときの現象を測定してデータを集め、ラップトップＰＣには海外からの意見が数多く寄せられた。

結果として、「世界を渡る術」はすぐには成功しないのだが、高濃度魔力結晶を節約する方法が見つかったり、外国にも似たような物質があるという情報があったり（その物質は後日送ってくれることになった）、収穫はないではなかった。

ラヴィアはその施設の上階に泊まって過ごしているが、山の中なので周囲には森しかなく、夕食を食べたら本を読んで寝る以外にやることはない。あとは1日に1回、葉月に通話で報告するくらいだった。

『へぇぇ、すごい、ラヴィアちゃんがんばってるのね』

「たいしたことないよ。ヒカルはもっとがんばってるから」

『うんうん。ヒカルくんは頑張り屋さんだからねぇ……』

小さく笑う声が聞こえる。葉月と話をしていると安心感を覚える自分がいた。

通話を切ると、沈黙が訪れる。テーブルに積まれた読みかけの本と、自分が今いる簡易ベッドしかない部屋は、もう消灯していて暗かった。

外は新月で、黒々とした鬱蒼（うっそう）と茂る森の上に、星空が広がっているだけだった。

今日の夜のように、暗闇を手探りで進んでいる状態ではあったけれど、

「……待ってて、ヒカル。わたし、がんばるから」

手応えを、ラヴィアは感じていた——。

第57章　聖なる白は楔となって放たれる

マンノームの里に戻ったグランリュークとヨシノは、里の仲間に見つかって拘束され、しばらく謹慎するようにと言い渡された。謹慎とは物の言い様で、里のなかでも外縁、さらに壁面に穴を開けた洞穴――いつもなら里で悪さをやった者が閉じ込められる「懲罰房」に入れられたのだった。

「まず報告をさせてほしい」と申し出たが却下され、里の中央に立っている塔がなんなのかもわからないまま5日が過ぎ、ようやく外に出ることを許されると、長老のひとりに呼び出された。

そこは長老の自宅であり、「遠環」が護衛のように長老のそばに立っている。家の外にも4人配置されているので「逃げるなよ」と言われているかのようだった。

「お前たちのやったことは、里のルールに照らし合わせると到底許されることじゃあない」

長老――この里で3番目に偉い三の長老は、イスに座ったまま不愉快そうに腕組みしていた。7人いる長老のうち女性は4人で、トップの大長老もこの三の長老も女性である。

テーブルを挟んで立っているグランリュークは、隣のヨシノをちらりと見てから、

「……ヨシノは悪くありません。すべては俺の意志で、ヨシノを巻き込んだんです」

「なによそれ、今さらそんなこと言ってカッコつけたいわけ？」

「処罰を下すなら俺だけに……あとその前に、報告だけさせてもらえませんか？」

「ちょっと、リキドー！　私だって自分の意志で外に出たんだけど！」

「――黙らんか。うるさいわい」

ますますムスッとした顔で三の長老は言うと、

「いつの間にお前らは懇ろな仲になったんじゃ。この狭い里で隠し通せるものでもあるまいて」

「いや別に、ヨシノ相手に変な気持ちなんて抱かないですよ。研究の虫で風呂にも入らない女だし……」

「はあ⁉　リキドーって名前があるのに『グランリューク』なんて名乗ってる子どもっぽいあなたに言われたくないけど⁉」

「カッコイイだろ、『グランリューク』！」

「鏡見なさいよ！『リキドー』って顔よ！」

「うるさいと言うとろうが！」

バンバンとテーブルを叩かれ、ふたりはさすがに口を閉ざした。

「まあ……お前たちの仲など今はどうでもいい。それで、外のことを報告しなさい」

言われて、グランリュークとヨシノはもう一度顔を見合わせた。

「い、いいんですか」

「しろと言ったのはアタシじゃよ。いいに決まっとる」

いや、この5日間、一切何も聞いてくれなかったじゃないかと言いたくなるのを、グランリュークはぐっとこらえる。

「わかりました。——ヨシノ、あれを」

促され、うなずいたヨシノは自分のバッグから文書をいくつか取り出した。

「これは……？」

「サーク家の何者かが記した文書です。『ルネイアース大迷宮』で入手しました」

「ほう。ただの物見遊山(ものみゆさん)で里から出たわけじゃあないみたいだね」

三の長老は眉を上げた。「遠環(とおたまき)」が文書を手に取って確認している。

「それで？　大迷宮が浮上したんだって？」

さすがにその情報は手に入れているようだ。

「はい。『ルネイアース大迷宮』は北上し、今はこの里へと向かっているそうです」

「ふうむ、やっぱりね……」

「『やっぱり』？」

「アンタたちも見ただろ、里の中央にある大きな塔を」

グランリュークとヨシノがうなずく。

「アンタたちを5日間懲罰房に閉じ込めたのは、あの塔が……『星白の楔』が正常に動作するかどうか確認をしていたからさ。アンタたちがサーク家のスパイだったら、情報が外に漏れるからね。どうやって『黒楔の門』を使ったのかもわからなかったし」

「スパイだなんて、そんな……」

「………………」

グランリュークはスパイと疑われたことにうろたえたが、ヨシノは違うことに気を取られていた。

三の長老はヨシノがどうやって「黒楔の門」を起動したかを知らない。つまり「究曇」の研究所に残されていた割り符の存在を知らないのだ。あれは「究曇」の研究所長とごく一部の所員しか知らないことはわかっていたが、長老もその存在を知らないとは、ヨシノも思わなかった。

割り符を上手く隠しおおせたのはラッキーだった。もし長老にバレていたら所長に――赤鬼のような所長に、ぶん殴られていたかもしれない。いや、殴られるだけならまだしも、今後一切の研究を禁じられるかもしれない。そうなったら自分の頭はどうにかなってしまうだろうと、研究に夢中になるとお風呂にも入らなくなるヨシノは思うのだった。

「三の長老……『星白（せいはく）の楔（くさび）』とはなんですか？　『究曇（きわむるくもり）』の私も知らないのですが」

「そりゃそうさね。所長と長老の一部しか知らないことだもの」

「…………」

なるほど、とヨシノは思う。所長が「割り符」を隠していたように、長老たちもまた「星白の楔」を隠していたのか。

「決戦兵器……!?」

「『星白の楔』は……ソウルを利用した兵器。サーク家と戦うための決戦兵器だよ」

「見に行こうか」

「い、いいんですか……!?」

「もういいさ。動くとわかった以上、お前たちがスパイであってももう大丈夫。マンノームの勝利は確実。大迷宮がこっちに向かってるっていうなら、むしろ好都合さね」

自信満々のその姿に、ヨシノは恐ろしささえ覚えた。

あの大迷宮を……あれほどの巨大な浮遊島をその目で見ていないからそんなに強気でいられるのだ、と思った。だけれど、それ以上のなにかを三の長老から感じたのだ。

長老は立ち上がった。

「ついてくるがいい。そろそろ始まるからねえ……」

「『始まる』とは……？」

「来ればわかる」

高齢であるにもかかわらず——少なくとも200歳以上だ——長老の足取りはしっかりしている。

長老の自宅から外に出ると、ひやりとした空気がヨシノの頬をなでた。マンノームの里は閉ざされた空間なので温度変化はほとんどないのだが、今は違う。

「すごい……」

時刻はすでに夜になっている。

マンノームの里ではマジックアイテムを使わないので、光源は炎だ。夜だというのに手に手にランプを持ったマンノームが見かけられる。マンノームたちは里の中心部に行くほど密度を増しており、「三の長老が通られるぞ」と声を掛けるからこそ道を譲ってくれるが、長老がいなければそこにたどり着くのは一苦労だったろう。

塔が、立っている。

見上げるほどに高い塔はマンノームの里があるドームの天井を破って、外へと飛び出している。

夜空は暗い雲で覆われているから星も月も見えないのだが、開いた穴から冷気が下りてきているのははっきりとわかる。ヨシノはぶるりと身震いした。

「三の長老、来たかえ」

待っていたのは、大長老をはじめとする長老たちだった。ランプの明かりが老女たちを怪しく照らし出している。

「はい。ヨシノはなかなか面白いものを持ち帰りましたぞ。サーク家の手記のようなもので……」

「そうか、そうか。すべてが終わったら読んでみるのも一興かもしれぬな。滅びたサーク家がどんな記録を残していたのか読むのは、我らの老後の楽しみになるかもしれん」

大長老が言うと、はっはっは、と他の長老たちが笑った。

（いったい……なんなの？　どうしてそれほどの自信があるの？）

マンノームとサーク家の闘争の歴史は永い。ほんとうに永い。その永きにわたって多くの犠牲を払ってきたマンノームは決してサーク家を侮ったりはしていないはずなのに――いや、ソアールネイが大事故で死に（死んだあとに時空間を漂って日本の佐々鞍綾乃にたどり着いたのだが）、その間は平和だったので平和ボケしたのではないか、とヨシノが思ってしまうほどに長老たちは楽観的だった。

戸惑うヨシノを三の長老は笑った。

「そう心配するな……我らは『ルネイアース大迷宮』の居場所をつかむことができずにいた。それゆえに『星白の楔（せいはくのくさび）』を使うチャンスがなかったのだ。お前も、この威力を見たら考えを改めるだろう」

ごくり、とヨシノはつばを呑んだ。そんなにもすさまじいものなのか？　ほんとうに？

「この里に……ずっとあったのですか。『星白の楔』は」

「あったとも」

三の長老は地面を指差した。

「眠っておったのだ」

地面の下にあったということなのか。「ルネイアース大迷宮」が浮上し、結果としてその居場所がはっきりとわかるようになった今、ついに起動したということなのか。

（徹底している）

おそらくはるか昔から「星白の楔」は地中にあったのだろう。だけれど、ほんとうにごくごく一部のマンノームしかその存在を知らなかった。この里から一生出ないような者にしか知らされなかった。

さもなくば「星白の楔」の存在をサーク家に知られてしまう可能性がある。知られればますます迷宮の居場所を巧みに隠すだろう。浮上なんてことは絶対にしないはずだ。ましてや、この里に無防備に近づいてくるなんてことは。

ソアールネイはなんらかの手段でもってマンノームの里を発見し、そこへ先手を打って攻撃を仕掛けようとしている。だが、大長老たちはそれを好機として迎撃態勢を整えたのだ——完璧に、整え終えたのだ。

「――時は来た」

大長老が塔を見上げていた。

高い高い上空に窓があって、そこから伸びた手がランタンをつかんでいる。ぐるぐるとランタンを回しているのが見える。なんらかの合図なのだろう。

ヨシノはその手がやたら太いように感じた。所長があの場にいるのではないか――そう思った。

「返すがよい……『やれ』と」

大長老の言葉を聞いた文官、「侍錐(はべるきり)」はうなずくと、手にしていたランタンを掲げた。離れた広場にいた「侍錐」たち7人が動き出す。彼らは十字になって整列していたが、それが円を描くように広がる。

塔の窓から出ていた手が引っ込んだ。ややあって、ヨシノは肌の表面に静電気が走るようなぴりっとした刺激を感じた。次には引力を感じる――引き寄せられるのだ、塔に。自分の存在が引っ張られるような感覚。風が吹いているわけでもないのに。

ただひたすらの静けさ。

何百人ものマンノームが集まっているというのに、誰も一言も口を利かない。ヨシノのように「引き寄せられる」と感じる者もいるのだろう、どこか不安げな顔で自分の身体を両腕で抱きしめるようにしている。特に半人前のマンノーム「蜂(はち)」たちは、大人のマンノームにしがみついていた。周辺警戒の任務に就いている「遠環（とおたまき）」ライガの娘のレンカなどは、ひとりで不安そうにしていた。

ヨシノは「星白（せいはく）の楔（くさび）」とやらを初めて見る。だけれどこれがマンノームにとってサーク家に対抗する手段である以上、魔力を使う兵器でないことは確かだ。

ソウルを使う兵器なのだ。

ソウルがなんらかの攻撃手段になることなんて考えたこともなかった。ソウルは生き物にとっての根源的なエネルギーであり、この世界の中枢をなすものだと「究曇（きわむるくもり）」は結論づけている。それをどうやって攻撃手段に？

「……始まるようだな」

グランリュークがぽつりと言った。

そう、始まるのだ。

これから。

マンノームによるサーク家への……「ルネイアース大迷宮」への攻撃が。

「――――」

次の瞬間、ヨシノの視界は白に染め上げられた。

◇

10本足のゴーレムを討伐したあと、ヒカルたちの行程は順調だったと言っていいだろう。というのも洞窟エリアを抜けたあとは、ただただひたすら階段や分岐のない通路が続いたからである。

以前ヒカルが「第37層」から地上に戻ったときにはこんなルートはなかった。荒野、草原、海、といった大自然のエリアがあちこちにあり、そこにはさまざまな生き物がいた。

（エリアをすべて閉じているんだろうな……不測の事態に備えて）

ヒカルはそう考えている。

とはいえ、延々と一本道を進んでいるとさすがに気持ちも滅入ってくる。こんな狭いところにゴーレムがつっこんできたら大変だから警戒を怠るわけにはいかないし。およそ一昼夜は進んだはずだが、外も見えないので時間の感覚もあやしくなってくる。

（いざとなれば、エリアに入るしかないか）

一見、同じような通路が延々と続いているだけなのだけれど、ヒカルの「魔力探知」では、うっすらと各エリアに続く隠し通路が感じ取れた。それは極めて微弱な魔力反応であったので、ヒカル以外には感じ取れないだろう。

ここが何番目の階層で、どんなエリアが広がっているかはわからないけれども。

「っていうかこの通路はなんなのかしら！」

後ろでセリカが言った。「東方四星」の4人とポーラは歩きながらもずっとしゃべっている。それを聞いていると単調な道のりもあまり苦にならないので――ヒカルは聞く専門だったがそれでも――気持ちはかなり楽だった。

ダンジョンに何日も潜る高ランクの冒険者にとって、気持ちを安定させることは重要だ。

「この通路は、管理用の裏ルートじゃないですかね」

振り返ってヒカルは言った。

「そんなものあるの!?」

なんのトラップもないただの一本道であり、各階層に続く隠し通路があるのだから、サーク家のための通路なのだろう。隠し通路のことは話していない。話すとしたら、ヒカルの「魔力探知」レベルについてまで言及しなければならないし、「東方四星」には「ソウルボード」の話だってしていないのだ。

「70を超える階層を管理するには必要でしょうね」

「でも、ウチらはふつうに洞窟っぽいところを抜けただけでしょぉ？　それで管理用通路につながったらおかしくない？」

サーラの疑問はもっともではあったが、ヒカルはうなずいて、

「迷宮を浮上させるモードだから、じゃないですか？」

「どゆこと？」

「浮上した迷宮に侵入する手段なんてふつうは思いつかないし、実行もできない。だから今、迷宮は『安全』な状態なんですよ。管理用の裏ルートを露出しても問題ないくらいに」

「でも、もともと冒険者が入り込んでいたじゃん？　それを見落としていたってこと？」

「ゴーレムを放っておけば排除できると考えたのだと思います。強い冒険者なら数体は倒せるでしょうが、最後に倒したあのデカいゴーレムは並の冒険者では倒せない」

「あー……アレはひどかったもんねえ」

「——すると、シルバーフェイス。この通路はどこにつながっているんだい？」

ヒカルくん、ではなく、シルバーフェイス、とソリューズは呼んだ。

「最奥でしょう」

「！」

「このまま行けば高い確率で、ソアールネイ＝サークのところに到着できると思っています」

「そんな……」

ソリューズの戸惑いはわかる。そんなに簡単でいいのかという気持ちなのだろう。だけれど浮遊する島に飛び乗ることの難易度、ゴーレムの強さを考えれば、簡単な道のりではなかった。

それに、簡単であろうとなんであろうと、目標を達成できるなら——「世界を渡る術」を実行できるなら、ヒカルにとってその過程はなんでもよかった。

「——ここからは下りのようですよ」

魔導ランプを掲げると、その光が照らし出す通路の先は闇に沈んでいるが、明らかに下りの階段があった。階段のいちばん上に立って光を投げかけても底が見えない。

「ずいぶん深いねぇ……ってことは」

サーラがにやりとし、ヒカルはうなずいた。

「はい。一気に最奥まで近づけそうですね」

さっきまで弾んでいた会話がなくなり、ヒカルを先頭に全員で下りていく。

(警戒は怠らない。「魔力探知」も常に展開している。なにか異常があれば気づける)

下りていく。ただ黙々と下りていく。

下り始めて何十分も経過したが、まだまだ底は見えない。

だけれど異変は不意に訪れたのだった。

「——シルバーフェイス、向こうに光が見える」

後ろから、ソリューズが指を指した気配が感じられた。はるかずっと下ではあったけれど、確かにぽつりと小さな光が見えている。そしてそこに、ヒカルは魔力を探知していたのだった。

「行きましょう。なるべく足音を静かにして……」

こくり、と全員がうなずいた。

ゆらゆらとした魔力の青い光が、室内を染め上げていた。

そこは「ルネイアース大迷宮」の中枢、コントロールルームであり、目の前の画面には夜空と、暗い地面だけが映っている。

この空間にいるのは、ここの主——大迷宮の主にして、サーク家の末裔(まつえい)であるソアールネイだった。彼女はじっと画面を見つめていた。手元の地図を見る必要もない——近づいている。マンノームの里のある場所まで近づいているのだ。

「あともうちょっと、あともうちょっとよ……もうちょっとで終わるのよ、この永い永いバカバカしい戦いの歴史が！」

ソアールネイの声はうわずっていた。

向こうから、この浮遊島は見えているだろうか？　見えているかもしれない。どこかの山頂からならば見えていてもおかしくない。

ということは逆に、こちらもマンノームの里が――里の場所がわかるようななにかが見えるはずだ。

ソアールネイは目を皿にしてそれを探していた。

画面の暗さが恨めしいが、まだ未明という時間帯なので仕方がない。

「どんな里なのかしらねえ……」

ソアールネイはひび割れた唇を舌でペロリとなめた。永い戦いの歴史のなかで、お互いがお互いの本拠地を知ったことは一度もない。

「おそらく地中」

そう、推測していた。

「迷宮と同じよ」

それは「ルネイアース大迷宮」も地中を移動していたからである。つまるところお互い考えていることは同じだったというわけだ。

どんな場所なのか。どんなテクノロジーによってその場所を隠蔽(いんぺい)していたのか。サーク家は、マンノームがなんらかの「長距離移動手段」――それこそワープのような――を持っているだろうと考えていたが、その方法はわからないでいた。

ソアールネイは楽しみだった。知らないものを知るということは、かけがえのない喜びなのだ。

「ああ、ああ、ああ……マンノームを根絶やしにしたらソウルを利用した道具を全部奪って、全部研究し尽くしてやるんだから……！」

「——その前にアンタにはやってもらうことがある」

「!?」

ソアールネイの首が、つかまれた。

「あなた……はッ……！」

「久しぶりだな」

そこには銀の仮面を着けた少年が——ヒカルがいた。

ヒカルは、驚いていた。

なんだこの巨大なスクリーンは？　そこに映っているのはおそらく外の光景……こんな魔術は今まで見たことがない。やったのはソアールネイだろうとすぐに気がついた。日本にいたソアールネイだからこそ思いついたのだと。

だけれど今のヒカルにとってはそんなことはどうでもいい。

「久しぶりだな」

ソアールネイの首をつかんで発した言葉は、自分でも思ってもみないほどに怒りが滲んでいた。ポーラや「東方四星」たちには部屋の外に隠れていてもらってよかったと思った。あまり聞かせたくないような類の声だった。

「……どうやって侵入したのよ？」

「真っ直ぐ一直線だったからな、ここまでの道のりは」

「そうじゃなくて！　空を飛ぶこの迷宮にどうやって乗り込んできたのよ⁉　それに私のゴーレムが道を塞いでいたでしょ⁉」

「そもそもおれは迷宮を出ていなかった」

ヒカルはウソをついた。火龍のことを説明する気にはならない。

「ゴーレムなんて全部蹴散らしてきた」

「つまらないウソを――」

ハッ、としてソアールネイが視線だけ向けたのは、離れた場所にあるテーブルだった。魔術回路が彫られたテーブルにはいくつかの駒があったが、ひときわ大きな駒は光を失って沈黙している。

「多脚型ゴーレムを倒したのね……」

ヒカルはその駒が、ゴーレムの稼働状況を示しているものなのだろうと察した。

「あの10本足のデカブツか？　まあな」

「どうやって！」

「そんなことは、どうでも、いい」

「ッ!?」

ソアールネイの細い首をつかんだ手に力を込めると、彼女は身を強張らせた。

「ぐ……痛い、わ……」

「さっさとこの世界を覆っている魔力の網を解け。さもなくば殺す」

「フッ……わ、私を殺したら……魔術を解けなくなる……」

「そのときはこの大迷宮を墜落させて粉みじんに破壊してやる。そうしたら魔術も止まるだろう？」

「それはダメ!!」

がばりと振り返った——その身体のどこにそんな力があったのか、ヒカルの拘束を解いた——ソアールネイは真剣そのものの目でヒカルを見る。

「絶対にダメ!!　この迷宮はサーク家の叡智の結晶……この世界の宝よ!?　壊すなんてなにをバカなことを考えているの!?」

「じゃあ、世界を覆う魔力の網を解け」

「…………」

「なら、壊す」

「だからそれはダメだって言ってるのよ!?」

「じゃあ、解け」

ピン、と張り詰めた空気。

ヒカルはソアールネイの考えを探る。このまま殺すというのは愚策もいいところだった。なぜかと言えば彼女は過去に、ヒカルが自分を日本に戻してくれと言ったときに「できない」と答えた。

「イヤ」でも「断る」でもなく「できない」だ。

根本的な理由をヒカルは知らない。ふつうに考えればソアールネイが「やり方を知らない」ということ、あるいは「ルネイアース大迷宮」の維持に関わることだから「できない」ということだが、もっと別の理由があるかもしれず、そちらはまったく想像できない。

彼女も、「ルネイアース大迷宮」も、どちらも息の根を止めることはここまで来れば簡単にできるが、理由を知ることが最優先だ。

「——なら」

ソアールネイが口を開いた——ときだった。

ヒカルはスクリーンに映った変化に気がついた。

スクリーンに映し出されていたのは、相変わらず黒々とした星空と大地だった。だが、その中に1か所、白い点があった。その点は徐々に徐々に大きくなったと思うと、線となって夜空を切り裂き、スクリーンを切り裂き、消えていった。

「！」

ヒカルはその線の軌跡を最後まで見ることができなかった。なぜなら足元が数センチ沈み込むような感覚があり、ごごごごごと響きを立てながら迷宮全体が振動したのだった。はるか高い天井からぱらぱらぱらと砂が落ちてくる。ソアールネイもコントロールパネルに手を突いて揺れをこらえている。

室内の光源である巨大な魔石が明滅する。ヒカルの「魔力探知」では極めて安定して魔力を吐き出していた魔石が、今は荒れ狂う海に放り出された小舟のように不安定な波長を刻む。

「今のは、なんだ!?」

ヒカルが言うと、ソアールネイは——スクリーンを見つめたまま、口元を歪(ゆが)ませている。

彼女は笑っている。

「おい、ソアールネイ！　今のはなんなんだ!?」

「……ふ、ふふっ、うふふふ」

「おい!?」

ヒカルがソアールネイの肩をつかむと、ようやく彼女はこちらを向いた。

「わからないの？　この迷宮が進む先なんていったらひとつしかないじゃない」

マンノームの里だ。

それは知っている。

「あれはマンノームが隠し持っていた、サーク家を滅するための決戦兵器よ。おそらくソウルのエネルギーを利用している……！　ほんとうにバカよ、連中は。ソウルなんて使い続けたらこの世界が崩壊するというのに」

ヒカルは唖然とする。

「決戦兵器」？　そんなものがあったのか？　マンノームの里に？

それに――なんだ、その「世界が崩壊する」という言葉は。

「シルバーフェイス！　今のはなんだ！」

「シルバーフェイス様！」

飛び込んで来たのは、隠れるように指示していた「東方四星」とポーラだった。彼女たちが入ってくるとヒカルがソアールネイについたウソ、「迷宮を出なかった」が台無しになってしまうが、今はそれどころではない。ソアールネイもまた気にした様子もなく、

「あはははは！　こんなものを隠し持っていたなんて！　さすがねえ、さすがねえ、最後まで楽しませてくれるじゃない！」

「……ソアールネイ＝サーク。今の攻撃はなんだ？」

「さっきも言ったとおり、ソウルのエネルギーを利用した兵器よ。それがこの大迷宮からほど近い場所を通り過ぎた——そして、迷宮の魔術に影響が出たのね」

「直撃したらどうなる」

「は？　かすめてもいないのにこれだけ揺れてるのよ？　墜落するに決まっているじゃない」

「墜落だって？　本気でそう思っているのか？」

「世界でいちばんこの迷宮の魔術に詳しいのはこの私よ。私が言っているのだから当然でしょう？」

ヒカルの試算でも、マンノームの里まではあと400キロメートル以上ある。それほどの距離で撃ってきて、もうちょっとで当たるというのはとんでもない命中精度だ。

「クソ……何発でも撃てるってことか」

1発しか撃てないのならぎりぎりまで引き寄せて撃つはずだ。

絶体絶命、という言葉がヒカルの脳裏をよぎった。

「うふっ」

だがソアールネイは笑った——この状況において彼女は笑ったのだった。

「つまり、あのバカげた兵器をどうにかしない限り、私もあたなも死ぬのよ。ふふ、うふ

「ふふふふっ！」

なぜ笑っていられる？　もしや絶対に迷宮が墜落しない切り札を握っているから？

（……違う）

ヒカルは即座にその考えを否定する。

（コイツは、このイカれた魔術研究者は、未知なる兵器を前にして恐怖心よりも好奇心を募らせているんだ）

今からマンノームに「撃ち方止め」と連絡する方法もない。グランリュークとヨシノが里にいるはずだが、こうして撃ってきている以上、彼らを通じてやめさせることはできないのだろう――マンノームからしたら「ルネイアース大迷宮」を滅ぼす絶好の機会なのに、それをヒト種族数人のために逃すなんてことはあり得ない。

どうする、どうする、どうする。

ポーラも、ソリューズたちも、事態がのっぴきならない方向に進んでいることを悟ったようだ。ヒカルがどういう判断をするのか、待っている。

「ねえ」

先に口を開いたのはソアールルネイだった。

「手を組みましょう？　私と、あなたと、あなたのお仲間。手を組んでこのピンチを乗り越えるのよ」

「手を組む、だと」

何十件と詐欺を働いてきた詐欺師に言われるよりも、白々しかった。圧倒的に有利な立場にいたのはこちらだというのに、今や、ソアールネイが会話の主導権を握っているのが非常に腹立たしい。

「……ソウルのエネルギーにどうやって対処する？　そういう機構がこの迷宮には備わっているのか？」

「うふふふふ、やる気になったようでなによりね」

「切り抜けたら必ず、この世界を覆う魔力の網を解かせるからな」

「うふふふふふ、切り抜けられたら、そのときに考えましょう……」

ソアールネイはコントロールパネルの前で説明を始めた。

ソウルのエネルギーはこの世界の魔力に結びつく、反発する、融合するというさまざまな性質を持っている。マンノームの里の兵器は周囲の魔力を消し去るような力があるらしい。あの波動砲のような攻撃が迷宮に当たっていないにもかかわらず、大迷宮の魔術が不安定になるのは、近隣一帯の魔力が薄まった結果であるらしかった。

直撃したら、大迷宮を構成する魔術の大半が止まり、墜落する。

「進行方向にソウルを中和するシールド魔術を展開するのよ」

「シールド魔術？」

「正確には密度の高い魔力を展開する。直撃を防ぐのではなく弾くことでやり過ごすのよ。次に進行速度を上げる」

「速度を上げる……引き返したほうがいいだろうが」

「旋回するには複雑な制御と多くの魔力が必要だから、シールド魔術に回す魔力がなくなるわ。速度を上げるのは簡単よ、慣性も働くから速度増加のための魔力量は少なくて済む。ちなみに言うと、もう速度アップを始めたわ」

いつの間に。

「……速度を上げればマンノームの里に近接し、被弾の可能性が高まる」

「『可能性が高まる』どころか、次は直撃するわねぇ」

「あのな……なんで楽しそうなんだ？」

「ソウルのエネルギーを中和するシールド魔術を使うのが初めてだからに決まってるじゃない！　理論上は成功するはずだけど、実際にやってみなきゃわからないし、大体実験の方法も思いつかなかったから最高のサンプルじゃない？」

「………………」

頭がおかしい、とヒカルは思った。失敗すれば死ぬとわかっている実験だ。

「シルバーフェイス様……」

不安そうなポーラの顔に、ヒカルはうなずいて返す。

「今この状況で最もクソッタレなのは、コイツの言葉を信じざるを得ないことだ」

「魔術の前に、欺瞞は存在しないわ」

やるしかない。

浮遊島が墜落したら全員死ぬのは確実だ。まずはこれを回避するしかない。

（大丈夫、事態は最悪だけど、ソアールネイに手が届く場所まで来たのは進歩でもある）

ヒカルがそう考え直していると、

「さあ、それじゃあ、始めようか――ソウル兵器に対処するための実験をね」

笑顔で、ソアールネイはそう言ったのだった。

◇

すさまじい光と揺れの後は、静けさに包まれた。マンノームの里にいる全員が固唾を呑んで上空を――塔を見守っている。

「――あぁ……」

誰かが落胆の声を上げた。塔から突き出た腕に握られたランプが、横に振られている。

おそらくそれは「攻撃が失敗した」という合図なのだろう。

（すごい……これがソウルエネルギーを使った決戦兵器「星白の楔」なのね）

見たことのない道具を見て、そのメカニズムを知りたいという好奇心が生まれないのならば研究者として――「究曇(きわむるくもり)」としては失格だろう。いてもたってもいられず、ヨシノは走り出していた。幸い、全員が攻撃の結果を見ようと塔の窓の真下に集まっていたので、その反対側にある塔の入口には誰もいなかった。

ヨシノは塔に入り込むと、その螺旋(らせん)階段を駆け上がりはじめた。いったい「星白の楔(せいはくのくさび)」とはどんなものなのか。ソウルのエネルギーを射出するというものは今までに見たことも聞いたこともない。それが直撃すると「ルネイアース大迷宮」はどうなるのか。

考えても考えてもわからないことばかりだ。階段は長く、息が上がり、5日間も閉じ込められて身体がなまっていたヨシノの脚はどんどん重くなったが、やがてその場所に到達する。

「――充填(じゅうてん)状況85パーセント！」

「――迷宮は移動しています」

「――発射角と着弾点の誤差を割り出せ！　修正は!?」

「――もうちょっと待ってください！　ああ、ここの計算が……」

そこは直径10メートルほどの円形の部屋で、所長を含む6人の「究曇」が動き回っていた。

部屋の中央に巨大な筒があり、その周囲に計器とレバーが並んでいる。離れた場所にはテーブルがあって大量の紙が散らばっていた。

　いちばん奥に、窓がある。そこから手を伸ばしてランプを振っていたのだろう。

「星の自転速度は？　計算した？」

「ああ、そうか！　自転があった――ってヨシノ!?」

　紙にかじりついていた研究員のひとりが、ぎょっとして声を上げた。

　額の汗を拭いながら、はぁはぁと息をしているヨシノのところに所長がやってきた。のしのしと歩くその巨大な身体と、常に怒っているような真っ赤な顔、ぎょろりとした目、それに逆立つ髪の毛は所員たちから「鬼」と言われても仕方がない。

「ヨシノぉ……てめえ、アレ持って勝手に外に出やがったな？」

「はい。でもバレなかったので後で返します」

　アレ、とは「黒楔（こくせつ）の門（もん）」を使うための割り符のことだろう。でもヨシノとしては「返しておいたからセーフ」というつもりである。

　え、そんな軽い感じで大丈夫？　なんのことだかわかっていない所員たちはヨシノと所長のやりとりをハラハラした顔で見守っていたが、所長は、

「…………」

　平然としているヨシノに、

「ふん。あとでレポートを提出しろや。外で見たモン、全部だ」

とだけ言った。

「もちろんです。ていうか、謹慎しててヒマだったのでもうできてます」

「如才ねえなあお前は……」

「それで、所長！　どうなってるんですか、この兵器は!?」

「ああ、こいつか――」

　ヨシノの質問に所長は答えた。

　地中のソウルエネルギーを吸い上げて砲塔から発射する仕組みであること。太古の昔にできたものであり仕組みは完全には理解できていないが、使用方法は文献が残っているので問題なく動いたこと。

「ソウルを発射して……どうなるんです？」

「浮遊している迷宮に当ててるんだ。そうなりゃあ、魔術に供給されている魔力が消え去り、迷宮は墜落する」

「……迷宮が、墜落する……？」

「――所長！　ソウル充填（じゅうてん）、１００パーセントです！　いつでも撃てます！」

「おお！　下に合図送れ！」

　所員たちが動き出すそばでヨシノは考える。

　シルバーフェイスたちが大迷宮に向かっているはずだ。火龍（かりゅう）の力を借りて迷宮にアクセスする手段を手に入れている。

とはいえ大迷宮は変わらずこちらに向かって飛行している――シルバーフェイスは失敗したのだろうか？

（でも、もし――もしも、まだ迷宮内にいるのだとしたら？）

そして、「星白の楔」の攻撃が当たってしまったら。

「――攻撃許可、来ました！」

「おうっ。発射角の調整、済んでるんだろうな!?」

「はい！　ヨシノのおかげで計算は完璧です！」

「砲撃準備!!」

「ちょ、ちょちょ、ちょっと待ってください！」

ヨシノは叫んだ。

攻撃が命中すれば迷宮は墜落するという。

中にいるシルバーフェイスたちはどうなる？

決まっている――死ぬのだ。

「撃ち方止めてください!!」

「なにバカなこと言ってる」

「えっと、いや、あ、そうです、計算が間違ってました！」

いったん時間を稼がないと。彼らに「ルネイアース大迷宮」への攻撃をやめろと言ったところで聞いてくれるわけもない。

「なんだと?」

案の定、所長は乗ってきた。

「それがですね、さっき私が言ったところですけど……」

考えろ考えろ考えろ。言い訳を考えろ。

「――だがまあ、それは後で聞く」

「え?」

所長は、中央の計器類の上にあったレバーをぐいっと引いた。キイイイィィィ――という甲高い音とともに、自分の身体が吸われるような奇妙な感覚がある。

「今、所長、そのレバーは……」

「全員伏せて、なんかつかんどけ!」

すさまじい爆音とともに、外からカッと射し込んだ白の光がヨシノの視界を染め上げた。ぐらぐらと足元が揺れ、天井からは砂が落ちてくる。思わず尻餅をついてしまったヨシノの視界には、ちかちかと星が明滅していた。

「しょ、所長……今……」

「おう……2射目も問題なく出たな」

問題ない、と言っているわりに所長の顔は土気色だった。

「なんで撃ったんですかぁ!?　計算間違ってるかもって言いましたよね!?」

「ああ。だが、また撃ってみりゃいいだろ。それで外れるようならもう一度確認すりゃいい」

そうだった、この鬼のような研究所長は、超合理的で、実践主義者で、リスクがあろうが、やれるときはどんどんやるという——だからこそヨシノに「割り符」の隠し場所を教えてくれたのだが——「究曇」らしから・・・・ぬ男だった。

「そ、そうだ、今撃ったのはどうなりましたか!?」

ヨシノが飛び起きると、壁面にあった計器で確認していた所員が——おそらく魔力の消費を感知する計器だ——振り返った。

軍事衛星が地上を撮影しているわけでも、センサーによって大迷宮の位置を確認しているわけでもないので、こうして地上の魔力消費量によって大迷宮の存在を確認するしかないのだ。

「着弾しました」

着弾。

ソウルの攻撃が命中した、ということ？

ヨシノの頭が一瞬真っ白になる。あのシルバーフェイスたちがいるかもしれない浮遊島は、着弾したら――墜落する。そうなったら生きていられるわけがない。

「……ですが、妙ですね」

妙、という言葉にヨシノの意識が引き戻される。

「妙とはなんだ」

言ったのは所長だ。

「反応が鈍いです。一瞬、魔力の消費が高まった後に、元に戻っています」

「あ？　魔力の消費が高まるのはここで射出したソウルが魔力と融合したからじゃねえのか？」

「第1射よりも多くの魔力消費が起きています。だから、先ほどとは違う有意な反応……おそらく着弾したと思われるのですが」

「だが消費量が戻っている……だと？　魔術が止まれば消費量はゼロになるはずだ」

「はい。つまり――迷宮はまだ動いています。そして、こちらに向かっています」

ソウルによる攻撃、「星白の楔」による攻撃が効かない？

その報せを聞いた所員たちは、静まり返った。

「……もう1発だ。いや、2発でも3発でも撃つぞ！　準備しろ！」

所長は大声で命令を下した。

その焦った声は、裏を返すとマンノームにとって有効な手札がもう他にはないことを示していた。

◇

「星白の楔」の白い光は第1射とは違って、完璧に「ルネイアース大迷宮」の中心を捉えていた。ヒカルは肌が粟立つように感じたが、すぐ後にコントロールルームに強烈な振動が走り、外を映し出していたスクリーンは不意にブラックアウトした。

ゆらゆらと青白い光を放っている巨大な魔石が激しく明滅する——が、ほどなくしてまた光は一定になる。スクリーンにも夜の景色が映し出された。

「くっ……」

しゃがみ込んでいたソアールルネイは、

「くくっ、くくくくくっ、耐えたわ！　耐えきったわ！　見た⁉　シールド機構が完璧に作動してソウル兵器を弾いたのよ！」

「……そのようだな」

大迷宮の前方に展開されたシールドは、先端が尖った、幅広の円錐形だった。ナナメに角度をつけることによってソウルの波動をずらすことに特化した魔術である。

「だが、魔力の消費量がえげつないぞ。用意していた魔力の半分が今ので消えたんじゃないか——少なくとも残量表示のメーターはそうなっている」

「どれ」

ソアールネイはヒカルの横に来てメーターをのぞき込んだ。敵対していたはずなのに、事ここに至っては運命共同体のようなものであり、まったく警戒心がなくなっている。

髪はボサボサで、風呂にも入っていないようなのに、彼女からはハーブのようなニオイがした。

「……そうね。このままだとシールドはあと2回で使えなくなるわね、せっかくシールド魔術が有効だってわかったのに。魔力の供給量が明らかに足りてない」

「は？　それじゃどうするんだ。供給を増やす方法は？」

「今は迷宮を維持する最低限の魔力しか運用には回してないから、これ以上の供給は無理。うーん……神にでも祈ってみる？」

「冗談を聞きたい気分じゃない」

「うふっ。神には祈らないけど、私はツイてるわ。だって人手(ひとで)があるもの」

「人手？」

「あなたたち——」

ソアールネイはポーラや「東方四星」を振り向いて言った。

「今から言うことを、やって。誰にでもできる簡単な仕事よ——ああ、体力自慢の冒険者にはおあつらえ向きかもしれないわねえ……」

ソアールネイは笑ったが、その目はまったく笑っていなかった。


取り残されていた冒険者たちは救出され、狭い通路を進んでいた。ソリューズからは「ここで待つのが最も正しい」と、あの格納庫のような広い空間にいることを勧められたが、彼らは結局、脱出する道を選んだ。腹が膨れてみると、いつゴーレムがやってくるかもしれない恐怖に耐えきれなくなったのだ。大迷宮が今、空を飛んでいるなんて聞かされても信じられなかったというのもある。

神経を磨り減らすような移動だった。トラップ満載のダンジョンを攻略するときだってこれほどの緊張感はなかった。

「おい……」

誰かが言った。その通路の先には、今までとは違って外の光が見えたのだ。通路はちょうど東向きであり、時刻は夜明け時だった。それは曙光だ。長い長い夜を抜けた彼らを象徴するかのような朝日が昇り始めていたのだ。

「外だ」

「外、外だ」

「外だっ！」

我先に走り出した彼らはついに迷宮の外に出た。何日も洞窟に潜ったり、人里離れた森を冒険したり、長旅に出たりした経験は山ほどあったが、今回ほど追い詰められたことはなかった。

いっそうの解放感が身体を包む――と同時に、

「さ、さぶぅっ⁉」

「風強ッ！」

「ま、マジで空飛んでるじゃねえか⁉」

「ほんとだ、雲がすぐそこにあるよ⁉」

強風が吹きすさび、見渡す限りの山嶺は雪をかぶっている。寒いわけだと認識しつつ、それでも彼らは外へと出た。もはや1秒も迷宮内部にいたくないとでもいうかのように。

「寒い！　寒いけど……俺たちゃ自由だッ……！」

と、ひとりが両手の拳を振り上げたときだった。

「ぎゃあ⁉」

石畳がせり上がり、彼の目の前にしゅるしゅるしゅると自動販売機大の石造りの部屋が現れた。扉がついていて、驚いて尻餅をついた彼の前で、その扉が音もなく開く。

「さ、寒いです！」

「寒いにゃ～⁉」

「これは……結構冷えますすね」

「さっさと仕事を終わらせるわよ！」

「――おや、君たちはここまで避難していたのかい」

5人の女性が出てきて、

「『東方四星』!?　……と仮面のうさんくさいヤツ。なんでここに!?　っていうか、どうやって……!?」

冒険者が叫んだ。

別れてからずいぶん経つのに、自分たちは必死になってここまでやってきたのに、スッと登場されたのだから頭も混乱する。

聞かれたソリューズが気まずそうに振り返ったのは、自らが今出てきた、ただの箱にしか見えない・エ・レ・ベ・ー・タ・ーだった。もちろんこの迷宮の施設のひとつである。

「まあ、いいじゃないか。それより、私たちはこれからやらなきゃならないことがあるけど、手伝ってくれないか？」

「て、手伝うって……なにをだ？」

「あそこに小さな塔が見えるだろう」

それは大迷宮の外周沿いに、一定間隔で建てられている砲塔だった。

「あそこには小さな扉がついていて、中に入ると魔道具が設置されている。そこの魔石、精霊魔法石、霊石といった類(たぐい)の、触媒を取ってきてほしいんだ」

「……は？　なんのためにそんな……売るのか？」

「それはいいアイディアだ。集めてきたぶんだけ買い取るから、やってくれないかな。食料を融通した仲だろう？」

「いや、でも……」

　冒険者は仲間を振り返った。

「アンタも言ってたじゃないか、ここのどこにゴーレムがいるかわからないから、危険だって……」

「ああ、ゴーレムは止めてある――じゃなかった、ここにはいない。確認済みだ」

「ん？　今なんか変なこと言わなかったか」

「いいから、いいから、不安だったら常に私たちから見えるところで作業してくれていいから！」

「そ、そこまで言うなら……アンタには借りもあるし、俺らも手土産(てみやげ)が欲しいし……」

　渋々、といった感じで冒険者たちも動き出した。

「さすがですね、ソリューズさん。今いちばん必要なのは人手(ひとで)、ですからね……」

　シュフィが言うと、

「そうだね――とにかく急ごう」

作戦はシンプルだった。魔力が足りないなら、増やせばいい。そのためにはすでに設置されている魔術触媒をひっぺがして集めるのだ。ゴーレムたちはコントロールルームに呼び戻している最中で、戻って来次第、魔石を抜いてシールドに充てる予定だ。ソリューズたちは、わかりやすく並んでいる屋外の砲塔へ行けとソアールネイから指示されたのだった。

「さあ、シュフィ。急ごう。強風には気をつけて——シールドとやらが風を防いでいるようだが、それでも完全ではないみたいだ」

「はい！」

ソリューズが乗ったときよりも浮遊島の移動速度が上がっているのが、はっきりとわかった。シールドのおかげで風も防がれているのだが、それでも突風が吹いている。

あとどれくらいでマンノームの里に到着し、通り過ぎていくのか、その間に何発の攻撃が撃ち込まれるのか、ソリューズにはわからない。だけれどやるしかない。彼女が信じているシルバーフェイスもこの作戦には賛同しているのだから。

「ん？」

そのとき、ソリューズから離れたところで砲塔のドアを開けていたサーラが、手を止めた。

「？」

誰かがこちらを見ているような気がした――のだが。

「……もしかして監視カメラかにゃ～。現代日本の知識を持ち込んだソアールネイならやりかねないよねぇ……まったく、天才に余計な知識を与えたらダメだわ」

やれやれとため息をついて、砲塔へと入っていった。

「おい、ソアールネイ、出力が上がりきらないぞ！」

「わかっているわ！　でもこれ以上、階層ごとの環境維持装置の供給魔力を落としたら、生態系に影響が出るのよ！」

「墜落したら元も子もないだろ！」

「あの子たちが絶滅するくらいなら迷宮が墜落するほうがマシよ！」

「はあ!?　なんなんだよ、あのビオトープは！　前から聞きたかったけど、あんなフロアおかしいぞ！　自然を人工的に再現したりして！」

「ふん……あの意義もわからないなんて。あなたは多少なりとも魔術の素養がありそうだったけど、サーク家の叡智に比べれば塵芥みたいなものよねえ」

「絶滅種を集めて、昆虫標本のようにそれを眺めて悦に入ることが魔術の素養だっていうなら、そんなものは要らないけどな」

「はあ？　地上では絶滅した種が持っている魔術触媒としての価値を考えると――」

ずうん、と音がしたのでそちらを見ると、壁面にぽっかり穴が開いていた。「東方四星」とポーラが使ったエレベーターが戻ってきており、扉が開くと無人だったが、色とりどりの魔石や精霊魔法石がこんもりと小山をなしていた。

「それ、隣の部屋に運んで！」

「おれがか？」

「あなたがここでコントロールを引き受けてくれるなら私がやってもいいけど？」

「チッ……」

リヤカーでもあればいいが、そんなものはない。ヒカルは自分のリュックから中身を出していく——見た目よりも底が深いという謎のリュックだ。

「あなた、それ！『次元竜』の革を使ったバッグに干し肉なんて入れてるの⁉」

「おれが手に入れたものをどう使おうと勝手だろう」

「スキュラ＝サークが10日かけて練りに練った魔術を使い、仕留めた次元竜の希少な素材なのよ！　国宝にもなり得るようなものよ⁉」

「そんなに大事なものなら博物館にでも飾っておけ。迷宮の戦利品として配置したのはアンタだろ」

「そうしないと冒険者だって入ってこないじゃない！」

「入ってきてほしいならもっと歓迎しろ」

「歓迎してるでしょ！　いろんな生き物がいて！　各階層の生き物と戦ってくれれば、その刺激がいい感じになって生き物の進化を促すのよ！」

へぇ、それが目的か――とヒカルはすこしだけ理解した。

絶滅種を単に標本として飼っているだけではないのだ。繁殖させ、進化させる。それは壮大な実験と言える。

（実験のためにこれほどの巨大な迷宮を造るっていうのは、いまだに理解はできないけどね……）

ヒカルは眉根を寄せた。

国宝級らしいリュックに触媒を詰めると――国宝級かもしれないとはうっすら思っていたのだが――ヒカルは隣の部屋へと移った。そこはがらんとした小さな部屋だったが、細かい魔術回路が彫り込まれている。中央の大皿に触媒を載せると、そこが魔力を吸収する仕組みのようだ。

「よくできている……」

見たことのない回路もいくつかあったが、魔力をあまさず吸い取るもののようにヒカルには見えた。運んできた魔石や精霊魔法石などを載せていくと、乾いた大地に水が染みこむように魔力がどんどん吸われていった。

「…………」

ヒカルは、運んでいる途中に割れて破片になった精霊魔法石の欠片(かけら)を、つまみ上げた。それを大皿に載せようとして、一瞬止まる。

そこへ、

「なにをトロトロしてるの!?　私の魔術回路に見とれる気持ちはわかるけど、全部運んじゃって！」

いちいち腹の立つヤツだ、と思いながらヒカルが追加の触媒を取りに行くと、すでにエレベーターは上階へと戻っていて、残された触媒だけが光っていた。

「ん……」

ヒカルはスクリーンに映っている画面に気がついた。外は明るくなり始めており、雪化粧をした山々が曙光(しょこう)に照らされて、朱色と、影となった群青色(ぐんじょういろ)の、見事なコントラストを作っている。見渡す限り、人里どころか動く生き物すらいなそうな山脈だった。

明らかに夜と違うのは、見た目だけではなかった。

「……だいぶスピードが出ていないか？」

「さっき言ったでしょ。速度を上げているって」

「一度上げたら慣性の法則でずっと進むっていう話だろ？　さらに加速していないか？」

「………………」

「おい、ソアールネイ！」

近づいたヒカルが、彼女の華奢な肩をつかむと、

「……あと1回」

「なにがだ」

「あと1回、耐えきればいいのよ」

「なんの話だ！」

「そうすれば、マンノームの本拠地に到着するということよ」

「⁉」

ヒカルはハッとした。スクリーンを見やると——荒い画面ではあったが、ずっと先にひときわ高い山が見える。そしてその山は、先端が割れているようだった。そこに白い光が結集している——。

「あれが……さっきから攻撃してくる砲台だというのか？」

「ええ。マンノームがあの兵器を起動したおかげで、周辺一帯の魔力濃度がおかしくなった。それは逆に言うと、自分たちの居場所を告白したようなものよ」

そういうことか、とヒカルは合点がいった。どうやってソアールネイが、マンノームの里の場所を発見したのかわからなかったのだが、マンノームが決戦兵器を起動したことで変化が生まれ、その変化をソアールネイが——「ルネイアース大迷宮」の魔術が察知したということなのだろう。

マンノームたちが、この世界の魔力量を測定しているのと同様に、サーク家もまた魔術を網目のように張り巡らして、かすかな変化も見逃すまいとしていたのだ。

「さあ、あと1回、耐えきれるかしら」

ソアールネイはまるで他人事のように言った。自らの命が懸かっていることがわからないのではない。自らの命よりもこの実験の結末のほうが気になっているのだ。

急げ急げ、と研究所長が怒鳴っても、所員たちにやれることは限られている。ソウルの充填速度は一定で――むしろさっきよりも遅くなっている――これを早めるような方法はわからない。マニュアルにも書いていない。

「ふざけおって！　迷宮が速度を上げて近づいてきやがる！」

こちらもこちらで、浮遊島の接近に焦っていたのだ。

「溜めろ！　ソウルを溜めまくれ！　限界を超えてもだ!!」

カラーン……カラーン……と乾いた鐘の音が響いているのだが、浮遊島の接近により、家に戻るように鐘を鳴らして合図しろと、研究所長が地上に連絡したがゆえだった。

塔の下も大騒ぎだった。

「ほんとに戻ったほうがいいのか？　家に避難しておけってことだよな？」

「『星白(せいはく)の楔(くさび)』で憎きサーク家を滅ぼせるんじゃなかったのか！」

「いいから早く動け！」

さっきまでは戦勝ムードだったというのに、今では「緊急避難命令」が下っているのだ。混乱するのも当然だった。

「どういうことだ！　上でいったいなにが起きておる！」

「攻撃が命中したということではないのか？　あれは偽りであったのか！」

長老たちが「星白の楔」の真下で「究曇(きわむるくもり)」の研究所員に詰め寄ると、先ほどまで塔の上にいたその所員は、

「着弾は確認されましたが、迷宮は停止していません……むしろ速度を上げてこちらに迫っています」

「なんだと!?『星白の楔』があればサーク家など恐るるに足らずと豪語しておったではないか！」

「この責任、どのように取るのかえ!?　あやつは『究曇』の長としては不適格じゃ！」

「前々から不遜(ふそん)な男だと思っておったわ！」

長老たちから口々に文句が出る——それを離れた場所で、グランリュークは聞いてい

た。

（今、責任を追及しても意味がないだろうに……）

屋内に避難させたところで意味もないとグランリュークは思っている。「究曇」や長老たちは、あの巨大な迷宮を見ていないから、ふつうの避難方法しか思いついていない。

「ここはやはり大長老に指揮を執っていただくべきではありませんかな」

「おお、それがよい」

二の長老と三の長老が言う。このふたりは表向き、大長老を敬っているように振る舞うのだが、この緊急事態において大長老がミスでも犯そうものならそれをあげつらって大長老の地位から引きずり降ろそうと企んでいるのだ。そしてその後釜には自分が収まろうと思っている。

グランリュークは頭がクラクラした。

（くだらない。まだわからないのか？　里か、迷宮か……マンノームか、サーク家か……そのどちらかが滅びるという瀬戸際にあるのだぞ、今は）

200年以上もの間、この里の中だけで暮らしてきた長老たちは、この里が世界のすべてだった。「遠環」であるグランリュークは、外の暮らしを——さまざまな種族の暮らしを見てきた。考え方を知った。サーク家もそうだろう。あの一族は常に大陸全体の魔術レベルを引き揚げようとしてきた——マンノームとは見ている世界が違う。

　その点で、緊急避難を発令した研究所長は見るべきものが見えている。わかっている。科学者としての合理的な判断ができているのだ。ただ、危険度の見積もりが甘いというだけで。

「………」

　大長老はじっと黙っていたが、

「リキドーよ」

　不意に、グランリュークの名を呼んだ。まさか自分が呼ばれると思っていなかったので、聞き間違いだと思ったが、大長老の周囲にいる全員がこちらを向いたので、間違いではなかったらしい。長老たちは憎悪すら込めた目で自分を見ている――まるであの大迷宮を運んできたのはお前だろう、とでも言いたげに。

「な、なんでしょうか」

　戸惑いながら大長老に近づくと、彼女は、

「サーク家のガラクタがこの山に衝突したら、どうなる？」

「え」

　ガラクタ、とは迷宮のことだろう。なぜそれを自分に聞くのか――いや、そうか、長老たちはその目で空飛ぶ浮遊島を見ていないのだ。

「……そりゃ、潰れますよ」

「『迷宮が崩壊する』という意味かえ？」

「いやいやいやいや、逆ですよ。この山がぺしゃんこになります」

グランリュークはありのままの事実を語ったが、まるで死刑宣告でもされたかのように、静かで冷たい衝撃をもってその場にいるマンノームたちに響いた。

「それほどの大きさかえ？」

淡々としているのは大長老だけだ。青ざめた長老たちや「侍錐（はべるきり）」たちとはまったく違う、異質な存在だった。ひょっとしたら大長老には自分の言葉が聞こえていないのではないかと思ってしまうほどに。

「は、はい……。聞いた話によると『ルネイアース大迷宮』は70以上の階層があるそうです。それがまるごと空を飛んでいるのですから、山よりも大きいですよ」

「そ、そんなバカなことがあるか！　報告を受けておらんぞ！」

六の長老が吠（ほ）えたが、報告したかったのにさせてくれなかったのはそっちだろうと、グランリュークは言いたい。

「して、リキドーよ。お前はどう見る」

大長老はずっとグランリュークを見つめている。この人は底が知れないとグランリュークは思う。単に長い年月を生きているというだけではない。「星白（せいはく）の楔（くさび）」もそうだが、里の秘密をどれほど抱え込んでいるのだろう。真意を見せず、ただ里の利益のためだけに行動する妖怪なのだと、グランリュークは思っている。

「……『どう見る』とは、どのような意味でしょうか、大長老？」

「知れたこと。この後の展開よ」

　大長老の言葉に他の長老たちが「こんな者の意見は役に立たない」とか「外にかぶれた『遠環』ですぞ」とか言うが、7人の長老のうち少数派の男性である七の長老はなにも言わずに静観している。七の長老がシルバーフェイスと――グランリュークの尊敬するシルバーフェイスと個別に会談をしたことは、聞いていた。七の長老はうっすらと微笑を浮かべている。里の危機を喜んでいるとかそういうことではない、泰然自若とした凄みがあった。ここにも妖怪がひとりいる。

「私のような『遠環』にはわかりかねますね。それこそ『侍錐』たちと検討したらよろしい――」

「――迷宮が里にまで迫っているのに、悠長なことはできん。ワシを試そうというのか、グランリューク」

　ドキリ、とした。

　試すなんていうつもりはなかった。ただ自分がなにかを言ってもまともに聞く気なんてないのだろうと思っていただけだ。里の重要な決定には加われない「遠環」としての、ちょっとこじらせた感情もあったかもしれない。

だけれど大長老は今が危機だとわかっている。そして危機を乗り越えるための策を練るのに、シンプルにグランリュークの意見を聞きたいと言っている。

「……申し訳ありません」

気づけばグランリュークは頭を下げていた。

妖怪ではある。だがこの妖怪は偉い妖怪だ。

「よい。見解を言え」

「……『ルネイアース大迷宮』を撃ち落とすことはできません」

「できる!!」

と、三の長老が吠えたが、大長老ににらまれて「ぐっ……」とたじろいた。

「続きを。グランリュークよ」

「はい……最悪を想定すべきです。迷宮を撃ち落とせなかった場合、攻撃を受けます。迷宮が我らの里を発見していないということはあり得ません。サーク家は、ソアールネイ＝サークは、確実にこの里に狙いを定め、里を滅ぼす気です」

しん、と静まり返っていた。空から、風の吹き込んでくる音だけが聞こえていて――それはすすり泣くようにさえ聞こえた。

「つまり？」

淡々と大長老はたずねる。

「『星白の楔』を動かす最低限の人員だけを置いて、残りは全員避難すべきです。『黒楔の門』を使って大陸各地に分散して逃げるのです」

「貴様!!　この里を捨てろと言うのか!?　マンノームとしての誇りはないのか!?」

たまらず三の長老が叫んだ。これには他の長老たちも同調するが、大長老と七の長老だけは相変わらず動じていない。

さすがに――違和感を覚えた。なぜこんなに動じないのか。大長老はともかく七の長老も？　シルバーフェイスになにかを聞いた？　いや、七の長老だけが知るような「星白の楔」以外の切り札があるのか？　七の長老はそばにいる「遠環」にひそひそとなにかを話しかけていた。

いや、今は、それを考えている場合ではない。

「里の誰かが生きていれば、また里を興すことができましょう。サーク家との長年にわたる因縁は、そう簡単には終わらないということです」

それに応じるのは三の長老だ。

「いいや、『星白の楔』ならば迷宮を滅ぼせる！　あれはソウルの兵器だぞ、魔術の塊であるサーク家を滅ぼす最強にして最後の手段だ！　あれを捨てて逃げろと言うのか！」

「おっしゃっているのは、『星白の楔』を失えば、もうサーク家と戦う手段は残されていない。すなわち『里の放棄』は『マンノームの敗北』と同義である、ということですか？」

「…………」

「今を生きる我々より、太古の遺物のほうがはるかに価値があると、言いたいのですか」

「ち、違う、そうではない……」

三の長老は否定しようとしたがその言葉は弱々しかった。

マンノームは太古の遺物に頼って暮らしてきた。クインブランド皇国を手中に収めることができたのもまた、「黒楔の門」などのテクノロジーのおかげだ。そしてそのテクノロジーを理解できていない。

（人は、本来、強い生き物だ）

里の外での暮らしが長いグランリュークはそう思う。

（シルバーフェイス。彼を見ているとなおさら強く思う）

己(おのれ)の力で「ルネイアース大迷宮」の秘密を探り出した。迷宮が空に浮いてもあきらめず、火龍(かりゅう)と交渉し、空を飛ぶ手段を手に入れた。

あれは人の力だ。太古の遺物でも、強力な魔道具でもない、人の力で成し遂げたことだ。

「星白の楔」がすさまじい決戦兵器であることは事実だが、マンノーム全員の力を結集することのほうが重要だとグランリュークは信じた。

「……グランリュークの言うとおり、この里にいる同胞のほうが重要である」

「だ、大長老!?」

意外なことに大長老はグランリュークの意見に同調した。

「大長老……ご理解くださってありがとうございます。では、里の者を避難させましょう……今すぐに」

これでマンノームは生き延びる。生き延びれば、いくらでも再起できる。

「いいや、避難はしない」

「え……？」

「気づかぬか、グランリュークよ。この『星白（せいはく）の楔（くさび）』には、お前の言ったとおり『今を生きる我々』の力が必要なのだ」

「な、なにを言っているのですか？」

そのとき、ヴヴンと空気が震えたような感覚があった。あ——と思う間もなく、グランリュークはめまいに似た頭のふらつきを覚えて屈（かが）んでしまいそうになった。さっきと同じだが、今回はもっと強い。

（なんだ、この反応は……俺は、長老たちの醜い争いを見て頭がクラクラしたんじゃなかったのか？）

長老のうちふたりが実際に座り込んでおり、「侍錐（はべるきり）」や「遠環（とおたまき）」たちもしゃがんでいる者がいる。

ただ大長老だけは――「星白の楔」を見上げていた。

「あ……」

最初から「星白の楔」を使用するときに、奇妙な感覚があった。身体が引き寄せられるような感覚だ。

「大長老、ソウルは無尽蔵にあるわけではない……。もしや、『星白の楔』は、マンノームのソウルを捧げて発射される兵器なのではありませんか!?」

大長老の口元が、わずかにゆるんだ。その笑みは「肯定」だとグランリュークは察した。

この妖怪は、最初からそのつもりだったのだ。

「ルネイアース大迷宮」を破壊する。サーク家との永きにわたる戦いに完全勝利を収める。そのために――マンノームの里に住む同胞たちの命を、自らの命すら、捧げることくらい当然の選択肢なのだ。

この里全体のソウルを吸い込んでいるに違いない。家々に避難させたマンノームたちはどうなっているだろうか。倒れている者もいるだろう。絶望に震えている者もいるだろう。

「見えるか、グランリュークよ……なにも知らぬ所長は、限界を超えてソウルを充填(じゅうてん)するようだの。確実に、最大の火力でもって迷宮を制する。これぞ王道の勝ち筋。これほど美しい勝利はあるまいて」

あらゆるものを捧げてつかむ勝利だからこその「決戦兵器」なのだと、グランリュークは知った。理解させられた。

ふらつく頭で見上げたグランリュークの目に、「星白の楔」が今までとは違う動きを見せているのがわかった。光がどんどん増している。それは夜が明けたからとかそういうわけではなかった——恍惚とした顔で白き光を仰ぐ大長老の口元から、一筋、血が垂れた。

まずいわね、とソアールネイが言ったとき、ヒカルは追加で送られてきた魔術触媒と格闘していた。一通り砲塔の触媒を剥がした「東方四星」とポーラも戻ってきて、いっしょに運び込んでいる。

なにがまずいんだ、と聞く必要もなかった。

スクリーン上で点のように見えていたマンノームの里——白い光は、もう、はっきりと見えるほどになっている。そしてその光が異様なまでに大きいことも、言われるまでもなくわかった。

雪化粧をした山嶺（さんれい）は明け方の群青（ぐんじょう）の空を背後に従えており、右からの曙光（しょこう）によって半面だけを朱色に染めていた。

ウソみたいな映像だった。

巨大なトーチが立っていて、光を灯（とも）しているような――そんな景色だった。

見とれていただろう。もし、その光が戦略兵器でなく、しかもこちらに銃口を向けていなかったのなら。

残念ながら映像を眺めていられる余裕なんて、1秒もなかった。

「触媒の搬入急いで！　あなたはあっちのパネル操作!!」

非常事態だ。今までよりも強力な攻撃を仕掛けようとしている。向こうも大迷宮の接近に気づき、これを阻止しようとしている。

命がけなのだ。

「クソ！　なんだよこのパネルは！」

「階層に送り込む魔力量の調節弁よ！　今なら全部閉じていいから！」

「正面のシールドに回していいんだな!?」

「さっさとやって!!」

シールドが展開すると、さっきまで鮮明に見えていたスクリーンの映像は、とろりとゆがみ始めている。それほどまでに密度の高い魔力が注入されているのだ。

「もっともっともっとよ！　触媒をさっさと運んでよ！」

「やっているさ！」

ソリューズたちも走って触媒を運んでいる。エレベーター内に築かれていた魔術触媒の小山はもはやなくなっている。

「伝送量が多すぎるぞ！　ボトルネックで魔術回路が暴走しそうなアラートが出てる！」

「知らないわよ！　全部突っ込んで！」

「なにがあっても知らないからな！」

「どうせこれをやり過ごせなかったら、全員あの世行きよ!!」

ソアールネイの判断は正しかったし、彼女はそれほどまでに次の一撃を警戒しているのだということがよくわかった。

ゆがんだ景色の向こう、白い光はどんどん大きくなる。まるでもうひとつ、太陽が生まれたかのようだ。

ヒカルはパネルを叩（たた）きまくる。初めて見る形式のコントロールパネルだったが、それでも魔術の基礎を押さえていれば大体わかるようになっている。今さらながら、優れたインターフェイスだと、ヒカルはサーク家の「叡智（えいち）」とやらに感心した。

「これが最後の一滴だ……！」

ぱん、と叩いた瞬間、光っていた最後のパネルが消えた。

すべての魔力をシールド魔術に注ぎ込むことに成功したはずだ。

そして——次の瞬間。

世界が白く染まった。

第58章　崩壊、決戦、「世界を渡る術」

フォレスティア連合国は7つの小国によって成り立っているのだが、7つのうちのひとつ「ジャラザック」の幹部が一部屋に集まっていた。

「迷宮が空を飛ぶなんてのはあり得ねえと思っていたが、いざ俺たちの領内に入られるとうざってえな」

くせっ毛の赤毛を後ろになでつけている、筋骨隆々(きんこつりゅうりゅう)の男が言った。

外は雪が降っているというのに男の胸元は開いていて、上着の袖もまくられている。そこには長めの体毛が見えていた。

室内は暖炉に薪(まき)がくべられているので十分に暖かいのだが、それだけでなく、

「だが、チャンスじゃねえか？　迷宮が着陸でもしようもんなら攻略し放題だぜ」

「クインブランドとの国境付近ではなかったか？」

「あのあたりには誰も住んでねえし、国境なんぞあってないようなもんだろ。先に場所を確定できたら俺らのモノにしちまおうぜ」

大柄な男たちが集まって、その熱気もまたすさまじかったのだ。そのせいで窓はとっく

に結露している。

「偵察チームを送り出したのは3日前だったか。そろそろ国境に到着しそうなものだが」

「犬ぞりが使えるほど雪が降ってねえからな、そこいらは。もうちょっと時間がかかるかもしれねえ」

「あ～あ、俺もいちばんに乗り込みたかった……」

ジャラザックの特徴として、男たちは気性が荒く、好戦的なところがあった。考えるよりもまず行動する、ということも多いので、「ルネイアース大迷宮」なんていう面白そうなものにはすぐに飛びつくのだ。

「今ごろ連中は、どこにいるだろうな」

男のひとりが言った。

その翌朝、ジャラザックの偵察チームは寒さに強い馬を駆って山を進んでいた。冬の行軍（こうぐん）がいかに厳しいものかを彼らは心得ているが、この山脈ならば馬を走らせやすいこともまた知っている。彼らはついに、遠くに豆粒ほどの浮遊島を見つけたのだった。冒険者ギルドのネットワークでもたらされた情報通りだ。「ルネイアース大迷宮」は空を飛んでいるのだ。

「どうする、隊長」

15人のチームメンバーたちは馬を停めていた。全員が厚いズボンに毛皮の上着を着込んでおり、フードですっぽりと顔を覆い、さらにはマスクまで着けている。凍傷対策は万全だ。

停まっているのは、先ほど白い光線が浮遊島に向かって照射されたのを見たからだった。1発目は外れたが、夜明け前だったので光線が走るのがはっきりと見えた。見張り番をしていたメンバーがそれで全員を叩き起こしたため、直撃した2発目を迷宮が上方へと弾き飛ばしたのを、全員が目にした。

浮遊島は北へと進んでいるが、白い光線が当たった直後は、その進行が不安定になったように感じられた。

「あの白い光線を放っているのはなんだ？　あのあたりには人っ子ひとり住んでおらんだろう」

隊長が言うと、

「もしかして、ドラゴンじゃねえか？」

「確かに！　ポーンソニアにはまた火龍が出たって話だしな！」

「眉唾だと思うがね。ポーンソニアみたいな国が火龍を追い払えるわけがないだろ？　勇敢なジャラザックとは違う」

「でも浮遊島は正しい情報だったぞ」

「ぐぬ、それはそうだが……」

メンバーたちはあれこれ言い出したが、決め手になる情報はなかった。

「ふうむ……迷宮は速度を上げているな？　アレが着陸しなければ、このまま通り過ぎることにはなるが……」

「北の海に行っちまいますねえ」

「そうだな。いずれにせよ、あの白い光を撃っているのがなんなのかは確認せねばならんな」

隊長が言うと、メンバーは全員賛成した。なにかがいるのは間違いないし、それが凶暴な生き物かもしれないなら——というか、彼らにはそれしか考えられなかったのだが——調査してくるのが偵察チームの務めだ。

改めて馬を進めていく。太陽が昇りはじめ、進む彼らのマスクから、そして馬の口から、白い息がこぼれるのが見える。

「!?　停まれ!!」

せっかく進み始めたというのに、隊長は全員を停めた。

「な、なんだあれは!?」

白い光が、山のひとつのてっぺんに集まっている。それはどんどん輝きを増している——撃つに違いない、とジャラザックの戦士たちは直感した。

浮遊島にも変化があった。進行方向に、どろりと溶けたような空気が集まっている。

「撃つのか!?　迷宮はシールドを持っているようだぞ!?」

彼らが注視するなか、光が放たれた――。

それは先ほどまでとはまったく違う、強烈な光だった。

日野にとって、何度見ても不思議な現象だった――異世界と日本とをつなぐ亀裂なんてものが出現するのは。そして毎回、その現象を起こした少女は不満そうで、寂しそうで、悲しそうな顔をするのだった。亀裂の先は漆黒の闇であり、すぐに閉じてしまった。

『ふぅむ、最新の３Ｄアニメーションはリアルタイムレンダリングが可能なんだな。極めて精巧な動画だと言えよう』

『このバカジジイはいまだにこれをフェイク動画だと言いたいのかね？』

『違うわよ、トム。彼は、そうとでも言いたくなるほどにこれは現実であり、我々科学者が謎を解明しなければならないという使命から一時、目をそらしたいのよ』

『測定値を！　測定値を見せてくれたまえ！　空間の質量がなにも変わらず、大気の性質変化もないなんてことはさすがにおかしいだろう!?　既存の物理法則を無視している！』

『魔法なんて物理学の範疇（はんちゅう）ではありませんわ』

『まったく、誰だ、この新参者を呼んだのは？』

時刻は早朝だというのにすさまじい参加者の数だった。

オンラインミーティングでは世界各国の言語が飛び交っている。発せられる音声こそ各国言語だが、ラップトップPCに接続されたスピーカーのボリュームは最小にまで絞られているので実験室内に聞こえてくることはほとんどない。チャット欄は英語があふれており、そこでは活発な議論が続いている。

このオンラインミーティングは連日行われていて、連日参加者が増えていた。「ごめんごめん、同僚がどうしてもとせがむものでつい……」と言い訳がましいことを言いながらひとりが仲間の科学者を連れてくると、その後は雪だるま式に増えた。今では画面いっぱいに科学者の顔が並んでいる。現在、最前線で研究を続けている科学者のリストがここにあると言ってもいいだろう。

最初こそ日野は、見物客が増えることに懸念を覚えたが、この実験の中心人物であるラヴィアはまったく気にする様子を見せなかったので、荒井教授が参加を許可した。

とはいえ、実際にこの実験場にいる人数は変わっていないのだけれど。

もちろんすべての科学者が実験に立ち合いたいと希望しているが、荒井教授はそれだけは許可しなかった。まだ公開されていない施設なので、場所を調べ上げて強引に来ることもできない。世界のトップ科学者たちを自分の意のままに操れることを荒井教授は喜び、この施設を貸し出している大学の学長もまんざらではないようだった。

「……ラヴィアちゃん、休まなくていいのかな」

早朝というのもあるだろう、実験場を見下ろす観察室には日野しかいなかった。場内ではラヴィアとともに荒井教授があーだこーだと話している。ラヴィアは「世界を渡る術」を実行したいと思っていて、荒井教授は異世界の存在を科学的に解明したい。ふたりの目的は一致しているようでいて、ズレている。最初は協力者のように感じられた荒井教授が、今は単に実験結果をもとにラヴィアに質問をしているだけの、ただひたすら時間を奪うだけの鬱陶しい存在になりつつあった。

いつもどおりの「世界を渡る術」を実行しているだけでは、同じ「失敗」という結果になるだけなので、ラヴィアは日々工夫をしているようだった。日野が見てもまったく意味不明な魔術回路の改良をしたり、「世界を渡る術」実行時に魔力を加えたりしている。

ラヴィアがこの魔術を理解しているのかについて聞いてみると、

「——完璧にはわからない。でも彼は言ってた。魔術は魔法と根本的には同じ。魔力の流れを書き出すことによって魔法に近い現象を引き起こす、と。魔法を使えるわたしにはその魔術が理解できるはずだって」

という答えが返ってきた。魔法を使うことはもちろん、魔力の存在だってつい最近知った日野には、ちんぷんかんぷんだった。

「……がんばってるな」

この地球には大気に魔力がないとやらで、ラヴィアの魔法の威力はすさまじく下がっているらしい。そんな状況で魔術のために魔力を注いでいるので、疲労するようだ。マラソンで言うところの高地トレーニングみたいなものかもしれない。酸素濃度の低い高地でトレーニングすると肺活量が上がる、というような。彼女はテーブルに手を突いて息を吐いている。

日野は部屋を出ると、ひとり、エレベーターで地上へと戻った。いまだに看板の掛かっていない建物の外に出ると、朝の森林の清浄な空気が肺に流れ込んでくる。

「はぁ〜〜〜〜……」

その清浄な空気を、濁ったため息に変換して吐き出した日野は、スマートフォンを手にした。そこには大量の着信履歴、メールの受信履歴、メッセージアプリの履歴が表示されていた。そのうち95%が、彼の所属する社会部デスクからのものだった。

「連絡をしろ」「どこにいる」「早く戻れ」「いきなり休暇など取れるわけがないだろ」「ナメてんのか」「おい」「コラ」「地の果てまで追いかけるぞ」「スッポンの異名をとった俺にケンカ売ってんだな？」と、恫喝まがいの内容まである。

ラヴィアの「世界を渡る術」にとことん付き合うと決めた日野は、会社には休暇を申請した——最初は「まあ3日くらいだろ」と、それくらいなら特ダネと引き替えに許してもらえるはずだと高を括っていたのだが、もう1週間になろうとしている。さすがに、上司であるデスクに説明せずに許されるものではないが、今この段階の情報をデスクに渡す気にはなれない。

もしバレたら、日野の特ダネはデスクの手に渡り、社会部全体の手柄になってしまう。知る人が増えれば他紙にもバレるかもしれない。事実、科学者のネットワークから情報が漏れ始めているのを感じる。科学者とて人間なので、自己顕示欲たっぷりにSNSに「今、私は世紀の発見を目にしている」なんて書き込んだりする。

デスクが日野のスマートフォンのGPSにスパイアプリでも仕込んでいればとっくにこの場所がバレていただろうけれど、一線を越えてはいなかったようだ。デスクにわずかに残っていた良心に日野は感謝しつつ、スマートフォンの電源をオフにした。

タバコでも吸うかと、ポケットからライターとともに取り出した。電子タバコが普及の一途をたどっているのに、日野は紙巻きタバコ派だ。ふだんは吸わないのだが、ストレスが高じてくると吸う。

「ふぅー……」

森林の清浄な空気の代わりに煙を吸い込んで吐き出すと、いくぶん頭がスッキリしてきた。

「ま、もう後戻りできないところまで来てるんだ……魔力結晶が尽きれば、どっちみちこの実験も終わりだ。あそこにいる科学者の顔ぶれを並べるだけでも記事になるぜ」

科学者たちは異世界とこちらの世界をつなげる方法に興味があるようだったが、もしも実現すれば世界の行く末が変わるだろう。

未知の世界。未知の魔法。未知の資源。そのきっかけになるのが今回の実験なのだとしたら、記事を書くことになる日野の名前は新聞史上に残る。

「…………」

だけれど、日野は気持ちが浮かないのを感じていた。

理由はわかりきっている。ラヴィアのことだ。彼女は純粋に、離ればなれになった少年を追いかけているだけで、朝も早くからこうして「実験」を行っている。その姿は迷子が親を捜しているのと同じ、悲痛さがあった。

そうだというのに、周囲の大人たちは「世紀の発見」を前に浮かれている。

「はぁ……俺が悩んだってどうしようもねえんだけどなあ」

タバコを携帯灰皿に押しつけた日野は、そのとき、

「……ん？」

足音を聞いた気がした。周囲を見回すが、こんな朝から人がいるわけがない。科学者たちは熱心だが――そもそも時差があるので時間帯は違うのだが――実験の手伝いに来ている職員たちは出勤前という時間帯だった。

「気のせいか――」

と思ったが、日野は視界の隅でなにかが動いた気がした。鹿とかタヌキ、あるいはクマとか……？　どきどきしながらそちらに近寄ってみると、

「!?」

建物の裏口のドアが、閉じられるところだった。

動物じゃない。

誰・か・がいる――。

職員ではないとすると、

「……侵入者」

ハッとした。でも、いったい誰が？

日野はスマートフォンの電源を切った自分をうらめしく思いながら、再起動しつつ走り出す。裏口の鍵はな・ぜ・か・開いており、扉を開く。

「…………」

人のニオイがした。しかも、複数人だ。建てたばかりの新築だからこそニオイが際立っている。心臓が破裂しそうなほどに鼓動を刻む。誰かがいる。招かれざる客が。

「――あれは」

明け方なので、明かりが点いていない建物内部は薄闇に沈んでいる。

通路の先に光が見えた。そこはエレベーターホールだ。エレベーターだけは動いているので、扉が開けば光がこぼれる。

荒井教授やラヴィアが上がってきたのか？　そんなはずはない。今日の実験は始まったばかりなのだから。

ということは、

「下に行こうとしている……!?」

気づけば走り出していた。

エレベーターホールが見えるところまでやってくると、ちょうど扉が閉じられようとしていた。

日野は見た。

目出し帽をかぶった、体格のいい男が5人。彼らは迷彩服を着ていて、手にはハ・ン・ド・ガ・ン・を持っていた。

狙いは、

「ラヴィアちゃんか……!?」

エレベーターに走っていくと、それが下っていくのがわかる。

ちょうどスマートフォンが起動し、日野は迷いなく110番をコールした。オペレーターがすぐに反応し、日野は現状を説明しつつも走っていた。

非常階段がある。

これを使えば地下まで行ける。

(何者だ、アイツらは!?)

階段を飛び降りつつ、オペレーターに説明しつつ、さらには鉄筋コンクリートの建物内なので電波の状況が悪くて舌打ちもしつつ、日野は考えを巡らせていた。

(どこから情報が漏れた……科学者か？)

科学者だけではこの建物を探り当てることは難しいだろうが、手段を選ばなければ可能だ。荒井教授が参加している実験であれば、大学が所有する不動産からたどれる。というか、新聞記者の自分ならばそうする。

(そうなると目的は、ラヴィアちゃんだ……！)

この、人が少ない時間に武装して乗り込んできたあたりを見ても、礼儀正しい人間であるはずがない。

施設の外に車は見えなかったが、離れた場所に待機させているはずだ。ラヴィアを連れ出そうとしている——異世界人にして、異世界への鍵を握る彼女を。

(クソ!!)

油断していた。未発表の、山奥の研究施設。数日間ならば大丈夫だろうと高を括っていた。だが、ラヴィアの価値はとんでもなく高いのだ。ラヴィアがいれば異世界へのアクセス権を握れると勘違いする権力者がいてもまったくおかしくない。

海外勢だろう。

そうなると、法律など無視される。人死にが出てもおかしくない。

「――大急ぎでパトカーを回してくれ、頼むよ！」

電波はほぼ切れかかっていたので、最後の言葉は通じたかどうかはわからない。それでも日野はそう叫ぶと、スマートフォンを手にしたまま実験場のある地下5階へと降り立った。息が切れている。身体から汗が噴き出している。

実験場へとつながる扉は開かれていた。電子ロックがかかっているはずなのに。

「ラヴィアちゃん！」

日野は全力で駆けた。

その少し前――ラヴィアは目の前で起きる現象に集中していた。魔力結晶の残量はさほど多くない。「世界を渡る術」をやるにしても、あと、10回できるだろうか？

亀裂が開いていき、だが、漆黒の闇があって、閉じてしまう。

この流れは毎回同じだ。

「…………」

だけれど今、少しだけ違うように感じられた。なんだろう、闇が揺らいだような気がしたのだ。

こういうとき、ヒカルのように魔力を探知できる力が自分にもあったらよかったのに、とラヴィアは思う。

「——今の試行においても、観測できるデータに変化はないね」

ラヴィアには「違う」と感じられても、荒井教授が見ている数値には変化がないらしい。というより、そもそも「世界を渡る術」で生じる亀裂について、有意なデータをひとつも得られていない時点で、科学はなんの役にも立っていない。

荒井教授はべらべらと話しかけてくるが、それに生返事をしつつラヴィアは考える。

「世界を渡る術」は、魔力結晶を魔術回路上に配置し、そのタイミングでラヴィアが魔力を流すことによって実行している。

これはヒカルがやっていたものとはちょっと違う。ソアールネイ方式なのだ。

つまり、魔力を扱える者にしかできないのである。

(闇が揺らいだ……こちらの環境は変化がないから、向こうでなにかが起きているのかしら)

この実験場のいいところは、自由に「世界を渡る術」を使えることもそうだが、荒井教授が測定しているとおり「数値の変化はない」ほどに毎回同じ環境であることだろう。つまり、もしも変化があったのなら「向こうで」ということになる。

（ヒカルになにかあったの？　それとも、ヒカルががんばっているの？）

ラヴィアは次の「世界を渡る術」の実行に移った。いつもならこんなに早く次から次へとは行わないのだが、今回のこの変化を見逃したくない。

「ラヴィアくん、もう次をやるのかね!?」

「ん」

あわてる荒井教授を放っておいてラヴィアは自らの魔力を扱う。

結晶を通じて魔力が供給されると、小さな――頭が通るかどうかという大きさの亀裂が開き始める。さあ、まだ変化があるのか。

『動クナ!!』

だがそのとき、実験場の扉が開いて5人の男が乗り込んできた。

「うるさい!!　今ちょうど異世界への亀裂が開こうとしているところであろうが！　……ん、何者だ、お前たちは――ふごっ」

入口近くにいた荒井教授に接近した男のひとりが、彼のみぞおちにパンチをくれると、教授はそのまま崩れ落ちた。この様子はラップトップPCのカメラからオンラインミーティングに中継されており、画面の向こうでは悲鳴が上がっていた。

「…………」

だがラヴィアは動じない。ハンドガンに手を掛けながらこちらに向かってくる男に向か

って右手を差し出すと、

「『ファイアブレス』」

小声で詠唱していた魔法を放った。

『⁉』

男たちの目の前に爆炎が一瞬生じ、わずかに露出した肌に高熱が走る。

『クッ……これが魔法か⁉　どこに行った⁉　小娘！』

ラヴィアの聞いたことのない言語で男が叫んで周囲を見回したが、

『は？』

魔法を放った少女はその場から一歩も動いていなかった。

なぜならラヴィアは——じっと亀裂を見つめていたからだ。

「広がった」

彼女はぽつりと言った。

「魔法の影響で、亀裂が広がった……どうして？　魔法が、影響しているの？」

『動くなと言っただろうが！　死にてえのか⁉』

「じゃあ、こうしたらどうなるの？」

男たちはぎょっとした。歴戦の傭兵（ようへい）である彼らが足を停めたのだ。

「ラヴィアちゃん——ラヴィアちゃん⁉」

そこへやってきた日野もまた、立ちすくんだ。

男たちにとっては拉致(らち)するべき対象、日野にとっては守るべき取材対象——彼女の周辺に、直視できないほどの青白い光が渦巻き始めたからだった。

それが「魔法」の発動であることは、魔法に詳しくない彼らですらわかった。

「星白(せいはく)の楔(くさび)」がこれまでの攻撃をはるかに超えるほどのソウルを放ったことが事前にわかっていたからこそ、すべての魔力をシールドに注ぎ込んだのだが、それでも、足りなかったのだろう。

視界が白く染まったあと、外を映していたスクリーンは完全にその働きを止めた。激しく明滅する巨大な魔石の明かりだけが頼りとなった。

岩が削れ、なにかが破壊される音が響き渡り、誰かがなにかを叫んでも声をかき消してしまう。ヒカルは地面に手を突いたが、床が一段沈み込んだ直後、部屋は大きく傾いた。

「ふにゃ～～～～!?」

「こっち！」

転がってきたポーラに手を伸ばして彼女をつかみ、引き寄せる。魔術台にもなっていたテーブルは固定されており、ヒカルはその脚をつかんだ。向こうでは「東方四星」が固まっていて、ソアールネイもまたなんらかのレバーにしがみついていた。

震動は止まらない。軽い浮遊感は、「ルネイアース大迷宮」がゆっくりと降下していることを意味していた。

「ソアールネイ!! どうなってる!?」

「わからないわよ! 魔術が全部ブッ飛んでるんだから!」

「シールド張っただろ!?」

「シールドのおかげでこの程度で済んだのだと思いなさい!!」

やがて震動はさらに激しくなる。

「ヒ、ヒカル様……」

「大丈夫、死ななければ魔法でなんとかなる」

震えるポーラに、そう言うことしかできなかった。即死ならば魔法でもなんともならない。

「着陸する——」

と、ソアールネイが言った気がしたが、ヒカルはそこまで聞いていられなかった。突き上げるような激しいショックでヒカルとポーラの身体は50センチは浮いて、床に叩きつけられる。この世の終わりのような破壊音がずっと響き渡り、床が崩れ落ち、壁面が割れた

が、幸い部屋自体が完全崩壊することはなかった。テーブルが横倒しになってゴーレムを意味するコマが床に散らばった。ヒカルのすぐ横に、剥がれた天井が落ちてきて割れる。ヒカルは身体で覆ってポーラをかばうが、ふたりでもつれるように転がっていった。

壁に激突してから——10秒ほどが経った。

「…………」

室内には砂埃が舞っている。

細かい震動はまだあるし、どこか遠くで、ドォン……ドォン……という崩壊音が聞こえる。

だが先ほどの衝撃はもう来なかった。浮遊感もない。つまり、

「……墜落した、のか」

ヒカルは全身がしびれているように感じた。明滅していた魔石は穏やかな光を取り戻しており、半壊した室内を青く染め上げている。

「あ、あの……」

「ポー……フラワーフェイス、ケガは？」

「あ、は、はい！　大丈夫です！」

ポーラは無事だったようだが、離れた場所ではシュフィが「回復魔法」の詠唱を始めている。「東方四星」の誰かがケガをしたらしい。

「……最悪、最悪最悪最悪、最悪ッ！」

ゆらりと立ち上がったソアールネイは額を切っており、顔の半分が血に濡れていたが、彼女はそんなものを気にする様子はまったくなかった。

再度起動したコントロールパネルに向かって操作を始めると、正面の映像が現れる。

地面がすぐそこにあった。がれきが散乱していて、迷宮の残骸を思わせた。

「あ……！」

そこに数人の冒険者が映し出される――彼らは無事だったどころか、着陸したチャンスを逃さず地面へと降り立ったようだ。ハイタッチして喜んでいる。

すぐにその映像は途切れた。次に映し出されたのはソウルを撃ち出してきた先ほどの兵器――「星白の楔（せいはくのくさび）」だった。

近い。

いつの間にこんなに近づいたのかと思えるほどの距離で、そこまで数キロほどだろう。

その決戦兵器は、崩れていた。正確には山のてっぺんが崩れていて、塔も半ばから折れている状態だった。元がどんな姿だったのか、知るよしもない。

「――あれはなんだ？」

声はソリューズのものだった。彼女はすでに立ち上がってスクリーンの前にいる。スクリーンに上から影が差したと思うと――巨大な姿が現れた。

「!!」

ぬらりとした鱗(うろこ)を持つ、ドラゴンだ。ヒカルが「第7層」で戦ったものと同じだ。襲ってきたら国軍が数百人がかりで討伐するような。

そしてドラゴンは1体だけではなかった。空を飛び始めたものが数体いる。

「迷宮の隔壁が壊れたのよ!!　だから外に逃げたのよ！」

イラだったようにソアールネイが叫ぶ。

「バカじゃないの!?　こんな寒冷地で外に出てもエサだってないのに……！」

「――ちょっと待て」

ヒカルはイヤな予感がした。

「このドラゴンどもは、人を襲って食うんじゃないのか？」

ソアールネイが、サーク家がどういう意図で「ルネイアース大迷宮」内にビオトープを作っていたかはどうでもいいが、そこで飼育されていた凶暴な生き物が外の世界に出るのは大問題だ。

「当然でしょ」

さもありなん、という顔でソアールネイが言う。

「おい、ふざけるな！　なんとかしろ!!」

「墜落させたのは私じゃない、マンノームのバカどもの仕業でしょ――あっ、ちょうどいいじゃない。マンノームの里を襲ってくれれば連中を根絶やしにできるわね」

「――――」

せっかく、危機一髪で着陸できたというのに、今度は別の危機が目の前にある。

「ソアールネイ、魔術は再稼働しているな？　隔壁を戻せ」

「今やっててる。だけど人手が足りないわ」

「……わかってる。おれも手伝う」

ヒカルが申し出ると彼女はにやりとした。

「私はこの迷宮を失いたくないし、あなたは迷宮内の生き物が外に出ると困る。まだまだ利害は一致しているわね？」

「……エレベーターを使えるようにしてくれ」

「それはまあ、すぐにできるけど……どうする気？」

「『東方四星』！」

「わかっている」

すでにソリューズたちは動き出していた。

「あの、山頂が崩れた場所にマンノームの里があるはずだから、なんとかして――」

「避難誘導だね。任せてほしい。……君は」

ソリューズは、ソアールネイをチラリと見てため息をついた。魔術絡みのことでは力になれないということはわかっているのだ。

「そ、それなら私も行ったほうがいいでしょうか⁉」

精神状態が回復してきたポーラが名乗りを上げると、ヒカルはうなずいた。山頂の崩壊で少なからぬ影響がマンノームの里にもあったはずだ。「回復魔法」を使える人は多いほうがいい。

「お願いできる？」

「もちろんです‼」

エレベーターの扉が開くと、明かりがこぼれてきた。確かに魔術は使えるようになっているが、明かりが弱めなのは魔力が足りていないからだろうか。

「東方四星」とポーラの5人を送り出すと、コントロールルームはヒカルとソアールネイのふたりだけになった。天井からぱらぱらと砂がこぼれ落ち、遠くでなにかが壊れる音だけが聞こえる。

スクリーンが映し出している映像がまた違うものになっているのに気がついた。

正面ではない。陽射しの角度を考えるに、西方だろうか。

広い広い雪原に、ぽつぽつと小さな点が動いているのが見える。

「チッ」

はっきりそれとわかる舌打ちを、ソアールネイはした。

「なんだ、あれは」

「フォレスティア連合国よ。おそらくジャラザックの偵察部隊ね」

「！　いいじゃないか、連合国の軍隊を呼んでもらえる」

ヒカルは喜んだ。危険な生き物がいることを伝えるのにうってつけの相手ではないか。

だが、ソアールネイは苦々しい顔をしたままだった。

「ここからジャラザックのいちばん近い駐屯地(ちゅうとんち)まで、馬で何日もかかる距離よ――あなたが守りたいマンノームの里が滅ぶには十分な時間ね」

「滅びはしない」

なぜなら「黒楔(こくせつ)の門(もん)」があるからだ。里は滅茶苦茶になるだろうが、マンノームは生き延びる。ヒカルが「東方四星」に期待しているのもまさにそこで、早めに危険を教えてやれれば避難する時間は十分にあるだろう。

「なに？　その確信は」

「さあな。さっさと隔壁を直すぞ。そこまではアンタの言ってる利害の一致ってヤツだ。その後は、この世界を覆う魔力の網を解除してもらう」

ヒカルが言うと、ソアールネイは肩をすくめてみせた。

（信用してもいいのか？）

そんな考えが一瞬脳裏をよぎる。

（いや、信用しているわけじゃない。あくまでも利害が一致しているからやっているだけ……この隔壁修復さえ終われば、これ以上モンスターがあふれることはない）

今この瞬間にも迷宮に穴は開いたままで、凶暴な生き物が外へと逃げ出しているのだ。急がないと。

「隔壁を修復するにはゴーレムを動かさないといけないけど、それには魔力が足りないわ。いくつか倉庫があるからそこまで走って行って触媒を持って来て」

「ゴーレムに入れる魔石や精霊魔法石が足りないということか？　まだ倉庫にストックがあったのか……」

「ゴーレムを起動するのに大規模魔術を使わなきゃいけないのよ」

「なんだそりゃ……ただの起動だろ？」

「知らないわよ。何代も前に書かれた魔術がポンコツだったんでしょ」

すこし意外だとヒカルは思った。同じサーク家の誰かが書いた魔術式なのだろうが、ソアールネイはあっけらかんとこき下ろす。

「……魔力があればいいんだな？」

「さっきからそう言ってる。倉庫はいくつもあるけど、まずいちばん近いのは——」

「まだいくつか予備があるはずだからあっちの部屋を見てくる」

「はぁ？」

ヒカルが向かったのは、「東方四星」とポーラたちが運んできてくれた魔術触媒を放り込んだ部屋だった。今、そこにうずたかく積まれているのは魔力を失ったただの石ころ。

「……でも、いくつか欠片が残っている」

運び込む間に落ちてしまった精霊魔法石の欠片や、石ころの山に紛れ込んでいる欠片を拾い集める。火、水、土、風の4属性は簡単にそろった。

ヒカルはちらりと背後を見たが、「魔力探知」ではソアールネイはコントロールパネルに向かって作業をしているのが感じられた。

懐から「なんでもよく切れるナイフ」を取り出すと、ヒカルはそれで、大皿のような魔力吸収装置に回路を描いた。もう何度も描いたために完璧に覚えてしまった魔術回路を。

描き終わると、ヒカルは丁寧に4つの精霊魔法石を並べていく。

「風と土が少し多めだな」

ヒカルの目には「魔力探知」によって非常に細かい粒度で魔力量が見えている。ナイフを使って精霊魔法石を削り――最後のひとつを回路に載せた。

次の瞬間、それまで沈黙を保っていた回路が光を放つ。

4色が入り交じり、虹色に変わる。それこそが「四元精霊合一理論」を元にした魔術回路だ。4種の精霊魔法石に含まれる、隠された魔力を解き放つ魔術だった。

「眉唾」と思われていたこの理論だったが、実験の成功例がごくごくわずかに存在した。

わずかしか成功しなかったのは、空気に含まれる魔力量すら計算に入れて、4種の魔力をイコールにして混ぜなければ発動しないという極めて難しい条件があったからだ。しかしヒカルはその条件を、最高レベルの「魔力探知」によってクリアしている。

元々が欠片(かけら)レベルの小石だったこともあってすぐに光は収まり、ヒカルは石ころと化した小石を集めてその回路の痕跡を隠した。うっすらと描いた回路だから、後で見てもわからないだろう。

「今なにをしたの⁉」

ソアールネイが走ってきたが、それはちょうどビカルが戻ろうというタイミングと同じだった。

「さっき言っただろ、残っている触媒を利用したんだ」

「なんで取っといたのよ⁉　シールドに展開していればこんなことには――」

「あの吸収装置じゃ吸収しきれなかっただけじゃないのか？」

「そんなわけ……！」

「事実、そうだったんだから仕方ないだろ。ほら、さっさとゴーレムを起動して隔壁を直すぞ」

「………」

納得できない、という顔をしているソアールネイだったが、

「……魔術式の起動は終わったわよ」

とだけ言った。

「それはいいな。あとは外のモンスターをどうするか……」

ヒカルが言いかけたときだ。

「！」

足元が沈み込むような、不思議な感覚があった。迷宮がまたも細かく振動している。

「なにをした⁉」

「隔壁を修復してるって言ったでしょ？　いちばん手っ取り早い方法にしたの——迷宮を沈ませているのよ」

「⁉　ゴーレムを起動するって言っただろ⁉」

「ゴーレムの手じゃどうしようもないわよ。大体、あなたは迷宮を地中に沈めると言ったら協力したの？」

「…………」

難しい、と思った。

もしこれがソアールルネイが相手ではなかったら「好きにしろ」と言っただろう。サーク家とマンノームの里の因縁は割とどうでもいいし、大量殺戮（さつりく）とか、世界に混乱をもたらすとか、そういうわけのわからない事態に発展しないのなら勝手にやっていてほしかった。

でも、ソアールネイは日本に行き、向こうのテクノロジーを吸収して戻ってきた。

屋外が見えるカメラと、それを映し出すスクリーンもそうだ。この大迷宮を空に浮かせたのもそうだと推測される――でなければ長い歴史のなかで浮遊する島なんて事例はもっと出てきていいはずだが、ヒカルは一度も聞いたことがない。つまりソアールネイが開発したのだ。

今ここでソアールネイに自由を与えて逃がしてしまったら、なにをやらかすかわからない。

「……お前を、殺すか」

ヒカルがぽつりと言うと、さすがにソアールネイも、

「え、ちょっ、待ちなさいよ！　なんでそうなるのよ⁉　あなただってわかるでしょ、魔術の深淵が、奥深さが、可能性が、未来が！」

「頭のおかしいやつに武器を渡すほどおれはまぬけじゃない」

ヒカルが懐からナイフを抜くと、いよいよソアールネイは後ずさる。

「ちょ、ちょっと、ねぇ、本気じゃないのよね？」

「約束を守らない人間をおれは信用しない」

「守るって‼　でもあの魔術はかんたんには解けないのよ！　それに解いたりしたらこの世界の『均衡』が乱れるわよ⁉」

「じゃあ、お前が死んだ後にゆっくりその方法とやらを探るとしよう」

気になるワードを口にしたソアールネイだったが、ヒカルは無視した。それ自体がウソかもしれないし、これ以上ソアールネイに振り回されるのはごめんだったからだ。

「おとなしく死ね」

「そ、その前にあなたのお仲間も死ぬわよ⁉　いいの⁉」

「なに？」

巨大スクリーンには、翼を持った数体のモンスターが「東方四星」とポーラ目がけて降下しているのが映し出されていた。

近くには、先に逃げ出していた冒険者たちもいる。彼らはマンノームの里に向かいながらも襲い来るモンスターを相手に戦っていた。

ソリューズの魔剣が輝いて切り裂いていくが、冒険者たちが足手まといだった。攻撃を食らって倒れるとシュフィがその救出に向かう。一方で仲間の冒険者たちがちりぢりになって、また別のモンスターに襲われている。

「ほ、ほら、この距離なら迷宮の攻撃兵器を使えば牽制くらいできるわよ。今なら使い方を教えてあげるわ……私を殺したら、それを使う方法をお勉強するところからスタートしなきゃねえ？」

「………」

忌々しい、と思った。

自分にとっての窮地ですら交渉条件にして利用するのだ、このソアールネイという女は。

「……攻撃兵器とやらを出せ」

「それなら私に危害を加えないと約束する？」

「ああ、約束しよう」

するわけがない。ソアールネイだって、ヒカルとの約束を守るつもりはないのだから。

「……ほんとうに？　誓える？」

「無論だ。『約束を守らない人間を信用しない』と言ったのはおれだぞ？」

「それなら、まあいいわ」

ソアールネイはあからさまにほっとしたように、ヒカルを連れてエレベーターに乗り込んだ。やがて着いたのは、ヒカルたちがここに上陸するときにやってきた迷宮の外であり、先ほどポーラたちが魔術触媒を砲塔からひっぺがしてきた場所でもある。

日は徐々に昇っている。そして迷宮はゆっくりと沈んでいく。この調子だとあと2、3時間もあれば地面に潜ってしまいそうだ。

「あそこか……」

山から吹き下ろす強い向かい風の向こう、モンスターと戦うソリューズたちの小さな姿が見えた。翼を持っている飛竜に、身体は獅子に尻尾はヘビ、翼がついているというキマイラもいる。キマイラは、ソリューズたちがこの迷宮で戦ったものとは違う、本来のサイズ、オリジナルのキマイラだった。

地を走るモンスターもいる。

家を丸呑みできそうなほど巨大な蛇に、脚が6本の巨馬の群れ、ひとつ目の巨人たち。

「チッ……外はソウルの影響がまだまだ残ってるじゃない」

ソアールネイはエレベーターから離れた場所にしゃがみ込んでいた。その石畳には取っ手がついていて、持ち上げると金属製のバルブが現れた。

「固ッ……！　あなたがこれを回して」

「なんだ、これは」

「いいから、早くしないとお仲間が死ぬわよ？」

「…………」

腹が立つ。だが、この金属製のバルブには罠の反応はなさそうなのでそれをつかんだ。凍っているのかと思うほどに冷たいそれを、ぐりぐり回していく。

「！」

ずずずず、と地響きがすると、すぐ近くの石畳が盛り上がって、左右にばたーんと倒れた。すさまじい砂埃にヒカルは思わず口元を覆うが、その後に現れたそれは――。

い。

「……大砲、いや、ライフル？」

金属製の長い銃身、その上に取り付けられたスコープ、台座の箱にはいくつもの弾丸が入っていた。それらはすべて砂埃をかぶっていたが、地金の美しい金色は失われていない。

純金、もしくは100パーセントに近い黄金だ。

「これは……」

「15代前のサーク家の研究者が作ったものよ。ソウルによって魔術が正常に働かないから、命中補正ができない。だけど、牽制するくらいならできるでしょ？」

「スコープが曇っているな」

ヒカルがのぞきこんでみると、かなりの望遠レンズだが精度が甘いので、遠くの山が滲んで見えた。

銃というアイテムは、そもそも単純な構造である。銃身があって、弾丸の雷管を撃鉄で叩くと火薬に引火し、膨張したガスによって弾頭が射出される――それだけだ。単純化された銃ならばそれこそ何百年という時間を経ても撃つことができる。

「だけど弾丸はもう使えないだろ」

問題は火薬だ。あっという間に湿気るし、雷管も機能しなくなる。

「魔石を差し替えれば問題ないわ」

「は？　今、ソウルのせいで魔術は使えないって……」

「爆発して押し出すくらいの単純魔術ならソウルの影響なんてないに決まってるじゃない。弾丸を貸しなさい」

ソアールネイは弾丸を受け取った——その弾丸は、かなりデカい。500ミリリットルのペットボトルくらいあるのだ。ライフル、ではなく、やはり大砲かもしれない。

ほこりをかぶったせいで鈍い金色に光っているその弾丸の雷管部分を開けると、ボロボロになった中身を地面に捨てて、ポケットから取り出した魔石に差し替える。その手つきはさすが研究者と言うべきか、手慣れていた。

「試射用よ」

「ああ」

受け取った弾丸を薬室に詰めると、レバーを引いて固定する。初見の攻撃兵器だが、地球にある一般的なライフルと同じ機構だ

「一応聞くが、暴発したりは？」

ヒカルはソアールネイにたずねたが、彼女はとっくに10メートルほど距離を置いた場所にいた。

「——やるもやらないもあなたの自由よ!!」

耳を両手で押さえて伏せている。

「…………」

試射どころか、耐久実験の類かよ、と思うヒカルである。だが、そうこうしている間にも「東方四星」は襲われて、劣勢に立たされている。

「――しょうがない」

ヒカルはスコープをのぞき込んで、空を旋回している飛竜に狙いを定めた。ぐるぐると同じ場所を動いている。

このライフルのいいところは、台に固定することが可能なので両手で持つ必要がないことだ。もちろん、バズーカ砲のちょっと手前くらいの大きさのライフルを、両手で構えるなんてできっこないのだが。

スコープから顔を外すと、なるべく腕だけを伸ばしてトリガーに指を掛けた。左手は左耳を押さえている。

「――行け」

トリガーを引いた瞬間。

かつん、と内部で音がした。

キィィイイ――と甲高い音が続くと、直後に弾頭が射出される。空気を切り裂く音とともに、それは光の帯を残して飛んでいく――飛竜のはるか上を駆け抜けていった。

「……すご」

音も、衝撃も、想定の1割といったところだ。これなら撃てる。

それに、

「次の弾丸をくれ！」

ヒカルはソアールネイに向かって叫んだ。

（これなら、当てられる）

確信した。

（想定より誤差の範囲が少ない。これなら、僕の「投擲」スキルがあれば威嚇射撃じゃなく命中させられる……！）

◇

「星白の楔」が限界を超えた一撃を放ったあと、反動で、だろうか、砲身を支える塔の最上階は吹っ飛んでしまった。塔の真下にいるグランリュークたちのところに、石ころやら小さながれきが落ちてきたが、その程度で済んだのは奇跡のような偶然でしかなかった。

グランリュークが最後に聞いた大長老の言葉は、

——これで勝てる。

というものだった。今、その大長老はグランリュークの目の前で倒れている。大長老だけではない、広場にいるマンノームの全員が例外なく倒れていた。

「星白の楔」が強力な一撃を放つときにソウルを吸われすぎたのだろう、グランリュークもまた全身を倦怠感に襲われ、立っていられないと思えるほどだった。意識が薄れ、消えかかる寸前にギリギリ戻ってきたという感じである。

もしかしたら死んだ者もいるかもしれなかったが——長老たちは３００歳近い老人たちだ——彼らの救出よりもグランリュークにはやるべきことがあった。

「ヨシノ……！」

里を飛び出してから自分と運命共同体だったヨシノは、周囲にはいない。彼女のことだろう、塔の上にいるのではないかとグランリュークは思った。最上階は吹っ飛んだが、ヨシノたちがいるのは中層部だ。彼女は今無事なのか。「星白の楔」を撃った後には命中したかどうかの連絡があるはずなのに、塔は沈黙している。グランリュークはふらつく足で塔の裏手へと向かった。

「……そういえば、七の長老は？」

倒れている長老たちのなかに、七の長老がいない。さっきまでは確かにいたはずだったが、今はいない。なぜ？

「それに……どうして俺は立っていられるんだ？」

他のマンノームたちは倒れており、立っている者はいなかった。自分が頑丈な肉体を持っているから、という理由でもないだろう。「遠環」だって例外なく倒れていたからだ。

わからない。わからないが、今はヨシノの様子を見に行かないと。

「――誰か、誰か！」

ふらふらしながらも階段を上っていくと、上から声が聞こえてきた。

「ヨシノ!!」

脚に力を入れて階段を上りつつ大声で呼びかけると、壁に手を突きながら下りてくるヨシノの姿があった。

「無事か!?」

今にも崩れ落ちそうなヨシノを支えると、彼女に肩を貸すようにしてふたりで階段を下りていく。

「無事じゃないわ……頭がフラフラしてる。所長たちはみんな倒れて、動かないの……死んではいないけれど深い眠りについたような……」

「下も同じだ。全員ぶっ倒れた。『星白の楔』は、俺たちのソウルすらも吸い出して撃ち出す兵器なんだな」

「そうみたい」

「俺たちはどうして立っていられるんだ？」

「私たちは懲罰房にいたから……そのときに試運転をしたんじゃないかしら。試運転のときにソウルを吸われていない私たちはなんとかなった」

「……バカじゃないのか。マンノームが全員死んだら、サーク家を倒したところでどうしようもないだろ……」

「ええ、ほんとうに……」

「そうだ。『ルネイアース大迷宮』はどうなった⁉　シルバーフェイスがいるよな⁉」

ちょうどそのときだった。

ぐらりと彼らの足元が揺れ、石造りの天井からぱらぱらと砂が落ちてくる。

「これは……⁉」

「『ルネイアース大迷宮』が、墜落した……あるいは不時着したんだと思う。『星白の楔』は命中したはずだから」

「命中⁉　すごいな！」

「でもおかしいの……」

ヨシノは表情を曇らせた。

「まだ迷宮は魔力消費を続けている……迷宮はまだ生きているのよ。そのなかにいるソアールネイ＝サークやシルバーフェイスたちが無事かどうかはわからないけれど……」

「……無事さ。無事に決まっている。あのシルバーフェイスだぞ」

「私もそうであってほしいと願ってる」

ふたりは階段を下りきって、塔の外へと出た。

小さな揺れが続いている。すぐそばには大勢のマンノームが倒れ伏しており、ヨシノは息を吞んだ。

「星白の楔」によって迷宮を停めることはできた——が、迷宮は生きているという。

これは勝利なのか？

勝利ではないのなら、マンノームの犠牲はどうなるのか。

マンノームたちは回復するのか。

「……ヨシノ、俺は外へ行く」

「え……」

「迷宮の様子を見てくる必要がある」

「そ、そんなの危険よ!?」

「シルバーフェイスたちが生きているのなら、助けなきゃだろ。お前にも大変な仕事を任せたいが、いいか？　ぶっ倒れている連中はまだ生きてる。ここにいないマンノームはそれぞれの家にいるはずだ。なかには、動けるヤツがいるかもしれない。そいつらと協力して、里を救ってほしい。そして、いざとなれば『黒楔の門』を使って逃げる準備をしてくれ」

「で、でもそうしたらリキドー、あなたは……」

「大丈夫さ。『遠環』ってのはたったひとりであってもピンチをくぐり抜けてナンボだからな……頼むぜ」

「リキドー！」

ヨシノから離れたグランリュークは走り出した。

この里には緊急避難用に、山の外へと出られる隠し通路がいくつかある。

「グ・ラ・ン・リ・ュ・ー・ク！」

「！」

走るグランリュークは、思わずヨシノの方を振り向いた。

「必ず無事に帰ってきなさい!!」

「────」

思わず口元が笑いそうになった。

「遠環」として危険な指令をこなしたことは過去に何度もある。無茶振りだと思ったこともあったし、いい加減な指示をしてくる長老たちに腹が立ったこともある。

だけれど、これほどまでに無茶で、難易度が高くて────心温まるオーダーは初めてだった。

「……わかった」

ソウルが抜けたせいなのか、身体は冷え切っていたが、それが徐々に温まってくるのをグランリュークは感じていた。

そのころ、外ではセリカの魔法が炸裂していた。炎の矢が空の怪鳥を撃ち落とす。

『ギィイィエエエエェッ!!』

「ったく、次から次へと！　もー！」

「セリカ〜！　魔力は温存しないと後がキツいよぉ！」

「わーってるわよ！　だけどこうもひっきりなしに来たら反撃するしかないっしょ――」

「危ない!!」

横からすさまじい速度で滑空してきた怪鳥が、その鋭いツメでセリカを引っかけようとする。

「せいぃぃいっ!!」

寸前、赤色の閃光が怪鳥の羽根を斬り飛ばすや、怪鳥はバランスを崩して地面にスライディングしていった。

「ソリューズ！」

「ふぅ――」

マリウスが使っていた「蒼の閃光」によく似た赤色の剣の切れ味は、非常に鋭かった。

ただ、ここにはめ込んでいる魔石の魔力がなくなれば、ただの鉄剣に変わってしまう。

魔石の輝きはだいぶ薄れている。

「今のうちに、急いで移動しよう。冒険者たちは？」

「シュフィとポーラちゃんといっしょに先に行ってるよぉ」

浮遊島が墜落するという事態でも無事だった冒険者たちだが、彼らは次なる危機——破損した迷宮から逃げ出したモンスターという危機に直面した。どこに逃げるべきか、迷宮に戻るべきか、迷っているうちにモンスターに見つかって襲われた。

そこへ、ぎりぎり「東方四星」が到着した。モンスターの攻撃で重傷を負った者もいたが、シュフィとポーラの「回復魔法」で治癒し、今は前方の山——マンノームの里があるらしい場所へと向かわせている。

「シュフィたちは無事？」

「問題ないはずよ！　問題があるとすれば——」

キッ、とセリカは空を見上げた。

「——……こっちね！」

翼を持ったモンスターは空をぐるぐると旋回している——ちょうどソリューズたちの真上を。まるで、「ここに敵がいる」とでも知らせているかのように。

迷宮からは、遠目にもはっきりとわかる巨大なモンスターたちが群れをなしてやってくる。うっすら雪が降り積もっているせいで、なおさらはっきりと見える。

「……この先にマンノームの里があるというのはほんとうなんだよね？」

「シルバーフェイスはそう言ってたにゃ〜」

ここからマンノームの里がある山までは3キロメートルもない。迷宮は墜落するまでにずいぶんと距離を稼いでいたようだった。いや、浮遊島の底を地面にこすりながら何キロも進んだのだろう——空を旋回しているモンスターたちは、「ルネイアース大迷宮」が残した爪痕を見下ろしているかもしれない。

「じゃあ、ここで食い止めるしかないか」

「ソリューズ、本気!?　あたしたちは3人しかいないのよ！」

「ウチらも逃げるほうがいいと思うけどにゃ〜」

「言いたいことはわかる。でも私たちが山に近づけば近づくほど、里を発見される可能性が高くなる」

なにかあったときに緊急避難できるような場所もない。

あれだけの数のモンスターを相手に、たった3人で勝てるはずもないことは火を見るより明らかだ。

「ソリューズ……アンタって人は、こうなるってわかってたのね！」

セリカの指摘に、ソリューズはうなずいた。

シルバーフェイスには「避難誘導をする」と言って出てきたが、実際にはモンスターを食い止める——防波堤としての役目を果たすつもりだったのだ。

モンスターの索敵能力、捕食能力は、侮れない。

最初から厳しい戦いになることは覚悟の上だった。

「きっと大丈夫さ」

だというのに、ソリューズはそう言った。

「なにか秘策があるのぉ？　あ、そうか。シュフィたちがマンノームの精鋭を連れてくるってことかぁ！」

「違うよ」

「それじゃ、なにか姿を隠せるような秘密のアイテムを持ってるとか？」

「それも、違うね」

「えぇ!?　それじゃなに？」

首をかしげるサーラに、ソリューズは言った。

「シルバーフェイスがあの迷宮に残っている」

「うんうん、それで？」

「それがすべてだよ」

「………？」

「彼がなんとかしてくれる」

真面目も真面目、大真面目だった。

「いや、ちょっ……え？」

「サーラ！　逃げ道を確保しながら戦うのよ!!　ソリューズはポンコツになっちゃったから！」

「私は真剣な話をしているんだよ？」

「ほら！　ポンコツよ！」

迷宮に残った——ここから離れた場所にいるシルバーフェイスがなんとかしてくれるなんていうのは「あり得ない願望」だとセリカも、サーラも思った。

「来たわ！」

最初に襲いかかってきたのは雪原を駆ける巨馬だった。地響きを立てて突進してくるそのモンスターは、見上げるほどに大きく、興奮している。

『ブルルルルッ!!』

「かわすよ！」

・・・ポンコツになってしまったかもしれないが、ソリューズの状況判断は的確だった。10頭の集団になっている巨馬を相手に戦っては、消耗戦だ。馬は脚が速いが、それは直線的な動きだけで、左右への機敏な動きはできない。

横へと展開したソリューズたちのいた場所を通り抜けると、巨馬たちはぐるりと円を描くようにこちらに戻ってくる。

「サーラ!!　10時の方向に煙幕！」

「――あいよっ！」

煙幕、というそれだけで、ソリューズがやろうとしていることがなんなのかサーラはすぐに理解した。ボールのようなそれを投げると一瞬で周囲に煙幕が広がる。

『グオオオオオオオオッ』

その間に、ひとつ目の巨人であるサイクロプス5体が迫っていた。

「残念ながら、君たちの相手は――彼らだよ」

『ブルルルッ！』

煙幕を割って飛び出してきた巨馬は、サイクロプスと衝突した。1体が倒れると、別のサイクロプスがその巨馬のたてがみをつかむが、その横っ腹に別の巨馬が突っ込んできて大混戦となる。

（うひゃ――いっつも思うけど、ソリューズってこういうときの頭の回転どうなってんのって思うよねぇ～）

サーラは、その手際の良さに舌を巻く。

（それにこの煙幕アイテム、すごいなあ～。定期的に仕入れたいなあ～）

モンスターが多いとはいっても、そのすべてを自分たちで倒し切らなくてもいいのだ。

使えるものはすべて使う。モンスターがモンスターを倒してくれるなら絶対にそのほうがいい。

「上！」

矢のようなソリューズの声。

上空で羽ばたいていた飛竜が、燃え盛る火の玉を降らせたのだ。滴る液体のようにも見えるそれは、なにか燃料のようなものを燃やしているのだろう。直撃すれば骨まで残らず燃えてしまう。

「一度散るよ！」

「わかったわ！」

「おっけー」

混戦しているサイクロプスと巨馬をよそに3人が展開すると、ソリューズのほうへはキマイラが、セリカには大蛇が突進していくのが見えた。

（さて、ウチはどうしよっかな）

ソリューズの戦いぶりを見ていると、正面衝突よりもモンスターの力を利用したほうが賢い戦い方のように感じられる。

とはいえキマイラが1体だけだと見るや、すぐに魔剣を手にして駆けていく——1体ならば倒せるだろうという判断だ。

一方でセリカは「水魔法」を使って周囲をさらに凍(こご)えさせている。いくら巨大なヘビとはいえ、爬虫類(はちゅうるい)であることに変わりはない。どんどん動きが鈍くなる。

(……ウチが使える武器は投げナイフと毒が少々、それに煙幕玉があと4つ。あはっ、モンスターの群れを相手にするような装備じゃないっての)

煙幕は残しておきたい。これがあれば逃げるときに使えるからだ。

ちなみに煙幕はヒカルが事前にサーラに渡していたアイテムだった。

そのときだ。

「ッ!?」

地上に落ちていた影が大きく揺れた。

空を舞う飛竜や怪鳥になにかあったのか——とサーラが視線を上げると、バランスを崩している飛竜の姿があった。

「………?」

もしや仲間割れ？　怪鳥vs飛竜の戦いが始まる？　と一瞬期待したが、そんなことはなく、飛竜の体勢は元に戻る。

「なにがあったん？」

その間にもサイクロプスがサーラに気がついてこちらにのっしのっしと歩いてくるが、サーラは小回りをきかせて回避し、うまく巨馬へと誘導する。

「え!?　なになになに!?」

上空に注意を向けていたサーラは、次の決定的な瞬間を見逃すことはなかった。

なにか——光の粒が一直線に走っていき、飛竜の近くを飛んでいったのだ。飛竜はまたも体勢を崩し、吠える。

「——上から攻撃か!?」

「——ここで乱入されたら面倒よ！」

ソリューズとセリカが叫ぶが、

「誰かが上を攻撃してるんだよ！　すっごく遠くから！」

遠く、とサーラが指差した方向にあったのは、すでに地面に落ちた迷宮だった。

「——ああ、なるほどね……」

ソリューズにしては珍しく額に汗を浮かべており、疲れた様子は隠せなかったが——それでも彼女は涼しげな笑みを浮かべていた。

「——あそこにはシルバーフェイスがいる……。それだけよ」

「…………」

「恋の闇路」という言葉があるが、ほんとうは「恋は冷静な知性を鈍らせて仲間であっても会話ができなくなる」、が正しいのだなと思うサーラだった。

◇

――当てる。当ててみせる。

逸(はや)る心とは裏腹に、トリガーを引くヒカルの指はスムーズだった。まるで指だけ自分の身体ではないようだった。

トリガーを引くときに力んでしまうと、銃身がブレることがある。その結果、着弾点が大きくズレてしまうのだ。今ヒカルが使おうとしている大砲のごときライフルならば、トリガーを引いたときのブレくらいはあまり影響がないものだが、それでも1千メートル以上も先のモンスターを撃つのならば話は別だ。

「投擲(とうてき)」スキル、それに「ギルドカード」の「加護」が補正をかけてくれているのをヒカルは感じた。「ギルドカード」は「隠密(おんみつ)」系統の「加護」しか選んでいなかったが、久しぶりの変更だった――「凡投擲狩猟神(ハンターオブスリングショット)」というそれは、当然ライフルでの投擲など想定はしていない「加護」なのだろうが、それでも十分力になってくれる。

1射目は大きく外したが、飛竜はあわてていた。2射目はかなり近いところまでいった――飛竜がこちらを見た。飛竜は、「敵」がいることを明確に感じ取ったようだ。

これでどこかに逃げていってくれれば楽だ。野生の鳥ならば危険を感じれば「逃走」一択なのだが、飛竜は「狩られる側」ではなく「狩る側」だ。敵を見れば抗(あらが)うのである。

「いちいち命令しないで！　――って、あのクリュヴォルドレッドワイバーン、こっちに向かってない？」

ソアールネイが造った弾を受け取ったヒカルは彼女を振り返り、

「……クリュ、なに？」

「クリュヴォルドレッドワイバーン。火炎袋に８００℃を超える熱石を持っている飛竜で――じゃなくて！　こっちに向かってない⁉」

飛竜は旋回し、明らかにこちらへ向かって滑空している。

「そりゃ、向かってくるだろ。やられたらやり返すのがアイツらだ」

「なに平然としてんのよ⁉　クリュヴォルドレッドワイバーンは残忍な肉食飛竜なのよ⁉」

「まあ、次は当てる」

「2発外したくせに！　大体これは威嚇射撃(いかくしゃげき)でしょ⁉　私は避難する――」

「――待て」

ヒカルはソアールネイの腕をつかんだ。

「弾を造れ。それがアンタの仕事だ」

「で、でもこれじゃ……」

「2発外したと言ったな？　だが2発目はかなり近いところに撃ち込んだ」

「次の弾！」

ヒカルは即座に弾丸を詰めると、スコープをのぞきこんだ。

スコープには、先ほどは豆粒のようだった飛竜が、今は大きく映っていて——だんだん大きく、そしてスコープいっぱいになっていく。

「——近づけば近づくほど、的は大きくなるものだ」

トリガーを引いた。

近づいてくる飛竜の右肩が破裂したと思うと、一気にバランスを崩してスコープの視界から左の下方へと消え去った。

飛竜は迷宮の少し手前で地面に墜落するやバウンドして転がり、迷宮の端に激突した。

「次の弾」

「……は、はい」

真剣なヒカルに気圧されたソアールネイは「危なかった」「まぐれ当たりじゃないの」「なんで私がこんな怖い思いを」とかぶつぶつ言いながら次の弾丸を造る。

(——ツイてる)

その間にヒカルは、「ソウルボード」を開いていた。実はたった今「魂の位階」がひとつ上がったのだ。それを迷わず「投擲」に注ぎ込むとポイントは3になる。

「筋力」系統にある「武装習熟」スキルは、ポイントが1でもあれば「中級者」ほどの実力者であり、2で「上級者」となる。これが3ともなると、「道場の師範」クラスとなるのだ。

ソリューズやポーンソニアの騎士団長ローレンスはさらに上のレベルなので、ヒカルからすると「人外（じんがい）のバケモノ」にしか思えないのだが。

「で、できたわ」

次の弾丸を受け取ると、ヒカルは再度ライフルの照準を合わせる。

（——頭のなかは、靄（もや）が晴れたようにクリアだ。レベルがひとつ上がっただけでこんなに変わるんだな）

ターゲットまでの距離がよりはっきりわかり、スコープのズレも正確に把握できる。当てられる。

次の弾丸は、別のクリュヴォルドレッドワイバーンに向かって飛来する——が、頭からわずかにズレたところを飛んでいった。

「え、え、今の当たった？」

飛竜に直撃こそしなかったが、近くを弾丸が通過したことでその衝撃波が飛竜の脳を揺らしたのだろう、突然飛竜は動きを停めて、くらりと身体が傾くや落ちていく。あの高さから落ちればいくら飛竜とはいえ命はない。

「次の弾」

「は、はい！」

そこからは一方的な狩り・・だった。

渡される弾丸をどんどん撃っていく。撃てば撃つほどスコープのズレを理解できるようになり、命中精度が増す。

面白いように弾が当たる。

魔力によって動作しているので、銃身が燃え上がるほどに熱くなることもない。

飛竜を追加で1体、怪鳥を5羽落とすと「魂の位階」がまた上がり、「投擲(とうてき)」は4となり、さらに「ギルドカード」の「加護」で「投擲狩猟神(彼方より中てる者)」が現れた。

「次の弾」

「…………」

黙々と命中させていくヒカルを「信じられない」という顔で見ていたソアールネイは、いつしか黙り込んでいた。

ただ——そんな彼女に構っていられる余裕は、実はヒカルにはなかった。

なぜかといえば空の敵影が少なくなる一方、地上のモンスターたちがこちらに注目し始めたからだ。

巨馬と混戦状態だったサイクロプスは迷宮を振り返り、のろのろと行動していた巨木モンスターであるトレントは動きを止め、キマイラはじっとこちらを観察している。

「来るぞ……！」

ターゲットを、大空ではなく地上に移すと、ヒカルは機動力の高いキマイラをまず撃ち抜いた。地上も安全ではない――その認識が広まったのだろう。この1発が開戦のゴングとなって、地上のモンスターたちがこちらに押し寄せてくる。

(――よし、完璧だ)

ヒカルは内心で快哉(かいさい)を叫んだ。

厄介な空の敵を落とすのを最優先とし、次に地上のモンスターを迷宮に惹(ひ)きつけることができれば――マンノームの里は守られるし、「東方四星」が逃げる時間も稼げる。

あと少し。あと少し倒して、自分も迷宮内へ逃げよう。

「次の弾」

渡される弾丸を詰めて撃つ。

サイクロプスの頭部破壊(ヘッドショット)を決めると、その弾丸は背後にいるもう1体も巻き込んで2体が同時に倒れた。

地面に潜っていた地竜も、顔を出した瞬間に狙撃された。「魂の位階」はまだ上がらなかったが、もう間もなく上がるのではないだろうか。

(めちゃくちゃ早いペースだ。「投擲」のポイントが5になれば百発百中も夢じゃない――けど)

終わりは近づいている。もう、すぐそこまでモンスターが近づいているのだ。ずんずんという地響きが伝わってきて、射撃にも影響が出るほどだ。

あと2発か3発撃ったら離脱しよう――と思いつつ、

「次の弾」

ソアールネイから受け取り、スコープをのぞき込んだ。

「――――」

地響きに紛れて、その声はほとんど聞こえなかった――聞こえなかったが、なにかを言ったはずだ、彼女は。ソアールネイは。

だけれどヒカルはそれを聞くこともできなかったし、言葉に思考を巡らせることもできなかった。

スコープをのぞきこんでいるヒカルはあまりにも無防備だった。

「――――」

衝撃が頭に走ると、ヒカルの視界は暗転したのだった。

両手に持っていたがれきが手から離れると、ごつん、と音を立てる。

「……はぁ、はぁ……」

ソアールネイは肩で息をしていた。あまり肉のついていない両手がぶるぶると震えている。

魔術の研究者として、宿敵であるシルバーフェイスを倒すのに、最後はがれきでぶん殴ることになるとは思いもしなかった。ソアールネイはサーク家の例に漏れず実践的なタイプで、思いついた魔術は実装してみなければ気が済まなかったのだが、あくまでもそれは魔術での話。こうして直接誰かに暴力を振るうなんてことは初めてだった。

野蛮にもほどがある。

だからこそ威力がある。

初めての体験に、ソアールネイには自分の世界が崩れていくような感覚さえあり、そしてもう二度とこんなことをしたくないと思った。

だが、倒した。この手で、あの、憎たらしいシルバーフェイスを倒したのだ。

「……死んでる？」

頭を殴られて気絶しただけだろうけれど、シルバーフェイスがまったく動かないのは気になる——確認するのは恐ろしくてできないが。

地響きがすこしずつ強くなる。モンスターが迫っている。やがてここは見つかり、シルバーフェイスはモンスターに殺されるだろう。それならばそれでよい。追撃を加えてトドメを刺すほどの勇気はなかった。

彼のそばに落ちているアイテムはこの迷宮のものだったが、回収する元気もない。すぐに迷宮に閉じこもろう。緩やかに迷宮は沈みつつあるから、雌伏の時を過ごそう。マンノームの里の位置を知ったが、ソアールネイはすぐに攻撃したい気持ちなんて湧かなかった。それほどに、自分の行動——魔術ではなくただの暴力で敵を倒すという行為に、ショックを受け、打ちのめされていた。勝ったはずなのに負けた気さえした。

マンノームもバカではないからどこかに逃亡するだろう。そうなればまた追いかけっこの始まりだ。だが、それでいい。マンノームとの戦いは自分が表に出なくていいのだ。こうして自分が最前線で命のやりとりをするのなんて、もう一生ごめんだ。

ソアールネイは最初からシルバーフェイスを警戒していたし、油断もしなかった。彼が「第37層」というエリアから地上まで戻れたのには彼になにか秘密——あるいは能力——があるのは明らかだ。

ライフルを使ってモンスターを撃ち始めたときだってソアールネイは油断しなかった。あたふたしたのは事実だったが、それすら利用して、「自分は無害で、シルバーフェイスの協力者」だというポジションに徹した。そうすればシルバーフェイスは油断するだろう——そう、戦闘の素人である自分に無防備な背中を見せるほどには。

結果としてソアールネイの狙いは当たり、シルバーフェイスに一撃を入れることができた。

「…………」

気が重かった。ひたすらに。

疲れのせいだろうか。まだ暴力をふるったときの衝撃を引きずっているのか。

いや――そんな単純な感情ではない。

日本で佐々鞍綾乃として生きていた彼女の前に現れたシルバーフェイス。彼を追えばこちらの世界に、「ルネイアース大迷宮」に、戻れるかもしれないという希望を見いだしたソアールネイは、やがて御土璃山で高濃度魔力結晶を発見する。

シルバーフェイスがこちらへの移動についてきてしまったのは偶然の事故だった。だけれど、魔術を知る彼がどういう行動を取るのか知りたくて「第37層」に置き去りにしたのだが、彼の行動はソアールネイの予想を大きく裏切った。

地上まで戻ってしまったのだ。

これでもソアールネイは、サーク家の――「ルネイアース大迷宮」を管理する一族の末裔だ。ここに眠る魔術が世界最高峰のものであり、唯一無二のものであるという自負がある。自意識が過剰なのではなく、これは単なる「事実」だとすら思っている。すこしでも魔術をかじったことがある者なら、好奇心を抑えられないはずだと。

だというのに――シルバーフェイスは迷わず「第36層」に上がり、そのまま地上を目指した。しかも、ヒト種族が突破するには極めて難しいエリアを、ほぼ最短距離で踏破していった。「魔術に造詣のある超凄腕冒険者」なんてこの世界には存在しないはずだが、「事実」は彼が地上に戻ったということだ。

すぐそこに倒れている少年を見やる。

くるおしいほどに長い時間を魂として彷徨ったソアールネイは、やがて佐々鞍綾乃の肉体を見つけた。だがそこは異世界だった。そんな彼女の、こちらの世界に戻る願いを叶えてくれ、一方でサーク家の最高傑作魔術を無視して出て行った男、それがシルバーフェイスなのだ。

そんな彼を倒すのに、自分は得意な魔術ではなく暴力に頼った。感情がぐちゃぐちゃになる。

「……もういいわ、忘れましょう。私はこれからしっかり寝て、しっかり研究する。10日も、100日も、1千日も魔術研究に没頭すれば、あんなヤツは忘れるはず」

そう自分に言い聞かせたソアールネイは、

「『さよなら』よ」

その言葉を再度口にした――シルバーフェイスの頭にがれきを振り下ろしたときに口にした言葉でもあった。

ぽん、とライフルに手を置くと、音もなくライフルは上方を向き、あらぬ方向へと弾丸を発射した。破裂音とともにかすかな震動が伝わってきたがそれだけだ。なかなか見事な魔道具だとソアールネイは感心する。

それは彼女にとって、スタートの号砲だったかもしれない。

ヒカルに背を向けて歩き出す。もう振り向くこともない。

彼女の足取りはゆっくりしていたが、それでもやがてエレベーターのある石室の前にたどり着いた。ソアールネイはエレベーターのボタンを押す――、

「動くな」

ことは、できなかった。

首筋に、凍えるほどに冷たい刃が当てられていた。

一瞬、シルバーフェイスが起き上がってきたのかと思ったが、横目に見える彼はまだライフルのそばに倒れていた。

第一、声が、違う。

「お前はこの迷宮の管理者か？」

ソアールネイは問われて考える。冒険者たちは全員迷宮から脱出しているはずだ。

「…………」

ではいったい、何者なのか。

フォレスティア連合国ジャラザックの偵察チームは、小高い丘の上で馬を停めていた。

停めざるを得なかった。

強烈な光が山頂から放たれ、その後迷宮が墜落した。それだけでもとんでもない事態だったのに、迷宮からモンスターがあふれたのだ。いくら勇敢なジャラザックの戦士たちであっても、遠目にモンスターを見たときにはその場から動けなかった。

飛竜がわんさか、怪鳥も飛び、地上は大型モンスターが跋扈する。1体を相手にするだけでも苦労するのに全部で3桁は超えている。

初報のためにひとりを要塞へと戻らせた偵察チームは、丘の上でさらに信じられない光景を見た。

「あれは……矢じゃねえか!?」

なにかに撃たれそうになり、飛竜がバランスを崩したのだ。

「あの高さの鳥をお前は撃てるか？　矢のはずがないだろう。届いたところで威力だってなくなっているしな」

「俺の目には、墜落した迷宮から撃ったように見えたんだが……」

「それこそあり得ない。迷宮から1キロほどはある——え？」

だが、次の攻撃は明らかに飛竜を狙い撃ちにしていた。しかも迷宮から放たれたのは間違いなく、ここにいる全員がしっかりと目撃した。

「い、今の攻撃？　火矢だろ、アレ！」

魔術爆発によって撃ち出された弾頭は、空気の圧縮も手伝って熱を持ったこと、さらに弾頭自体が金色であることから、かすかに光っていた。それを「火矢」だと考えてしまうのは無理もないことだった。

「そんなわけが！　巨人が引くほどの弓でないとあれほどの速度、あれほどの距離を飛ぶはずがない！」

「だけどよぉ、隊長だって燃えてたの見えたろ⁉　それに巨人なんて、撃ったあたりにはいねえよ！」

「なああ、あれは魔法じゃねえのか⁉」

「あんな魔法知らねえし聞いたこともねえ」

「あ、飛竜が突っ込んでく！」

攻撃されていた飛竜が敵を発見し、迷宮へと滑空していく——だがそれが撃ち落とされると、ジャラザックの面々は静まり返った。

「……あの飛竜を殺した……」

「……とんでもなくデカいだろ、アレは……」

驚きはそれだけではなかった。火矢はその後も次々と撃ち出され、飛竜や怪鳥は落とされ、好戦的なはずの空のモンスターも、残り数頭になると逃げ出したのだ。

「迷宮にモンスターが戻っていくぞ！」

地上のモンスターが迷宮を目指す。それは、馬で数日の距離に要塞と都市があるジャラザックにとってはすばらしいことだった。

「……撃ちやんだか？」

迷宮からの攻撃は止まっていた。

それが吉兆なのか凶兆なのか、彼らにはわからなかった。

◇

マンノームの里から外に通じる緊急避難通路は、最低限の掃除しかされていないので汚れていたし、鉄製の扉は錆(さ)びついてもいたが、無事に開いた。岩肌の露出した狭い通路を走り抜けると、そこは雪化粧した大地だ。

「あれは……！」

グランリュークが目にしたのは、地上に降り立った大迷宮である。明らかに異質な、途方もなく巨大な物体が鎮座しているという現実感の欠片(かけら)もない光景に一瞬立ち止まってしまうが、グランリュークはこちらへ走ってくる人影に気がついた。

「おおい！」

冒険者の一行だ。そのそばには「東方四星」のシュフィやフラワーフェイスもいる。

「――グランリュークさん!!」

「こっちに来い！」

マンノームの里にヒト種族を入れるなどふだんならあり得ないことだが、もう里の位置はサーク家にバレているし、今は緊急時だ――向こうには大量のモンスターがいる。

「無事だったか!?　シルバーフェイスはどこだ!?」

「私たちはなんとか。ですがシルバーフェイス様がまだ迷宮に……」

「わたくしたちの仲間も戦っています」

フラワーフェイスとシュフィが口々に言う。

シルバーフェイスがまだ大迷宮にいると聞いて、グランリュークは遠目に見える迷宮を見やった。

「わかった、私が行ってこよう。君たちはこのままそこの通路から中へ避難してくれ。あっちにはヨシノがいるから」

「この洞窟の先にあるのは……」

「我が里だよ。大丈夫、今なら君たちが入っても問題ない」

里も里で、みんな昏睡(こんすい)状態で倒れているし大変な状況なのだが、むしろ冒険者やシュフィたちがヨシノの役に立ってくれるのではないかと期待もしていた。

「あ、あの、私もグランリュークさんといっしょに行っていいですか!?」

「フラワーフェイスが？」

「はい。シルバーフェイス様おひとりで戦わせるわけにはいきません」

仮面越しだったが彼女の目は真剣そのものだった。

「……わかった。迷宮のことは私もわからないから、来てくれるとありがたい。ともに行こう」

「はい！　シュフィさん、あとはお願いします！」

「こちらは任せてください。ソリューズたちのこともお願いします」

「はい！」

グランリュークとポーラはシュフィたちと別れ、ここまでやってきた山の坂道を下っていく。

「……すさまじいな」

周囲一帯を凍らせた魔法や、墜落した飛竜や怪鳥、切り刻まれたキマイラの姿を見て、グランリュークは舌を巻く。なにが起きたのか、詳しいことはわからないが激戦の跡であることは確かだ。

「モンスターたちが迷宮からあふれたんです。それをソリューズさんたちが食い止めようとして……あと、シルバーフェイス様も飛竜を撃ち落としてくれました！」

「撃ち落とす？」

「はい！」

撃ち落とすとはなんなのか。あれほどの高さにいるモンスターに当たる矢なんてものは存在しないことを、戦闘のプロ「遠環（とおたまき）」であるグランリュークは理解している。

とはいえ、「シルバーフェイスならすごいことをするのだろう」と謎の納得をした。

「あっ、あれです！　見ましたか？」

「なにがだ？」

「撃ったでしょう、今、地上のモンスターを」

「地上を？　空を、と言わなかったか？」

「はい！　でも今は地上です！」

「？」

わけがわからなかった。「飛竜を撃ち落とした」と言うから上を見ていたのに、今度は地上だという。

だけれどグランリュークは、

「なるほど、さすがはシルバーフェイスだ」

「はい！」

またもや謎の納得をするのだった。グランリュークのなかで、シルバーフェイスはスーパーヒーローなのである。

すると、地上のモンスターたちの行動が変わった。雪原で戦っていたモンスターが迷宮を目指して進み出した。

「『東方四星』のみなさんがこちらに来ます！」

ポーラの言うとおり、敵の行動が変わったおかげでソリューズ、セリカ、サーラの3人がこちらに駆けてくるのが見える。

「ハァ、ハァ、ハァッ……歩けるかい、セリカ」

「おぶって、ほしい、けど……あんたも、限界、でしょ……！」

「ふにゃ～……疲れた、にゃ～……」

3人とも肩で息をしている。

「よくぞご無事で……！」

「サーラがケガをしている、見てやってほしい」

「はい！」

駆け寄ったポーラはサーラのケガを確認する。二の腕にぱっくりと切り傷があり、布きれで強引に止血した跡がある。太ももにも同様の傷があり、分厚い防寒用の装備がやぶれ、彼女の白くしなやかな太ももと、鮮やかな赤い血が痛々しく顔をのぞかせていた。

「っ……すぐに！」

ポーラが「回復魔法」を使い始める横で、

「すごいな……君たちは。あれだけの大型モンスターを相手に……。ランクBと聞いたが、たった3人でこれだけ動けるのならAでもおかしくないだろう？」

グランリュークが感心して言う。

「ランクなんてどーでもいいのよ！　ソリューズの武器があって、サーラがいつもより多めに引き受けてくれたからなんとかなったってだけ！　あとちょっと、援護射撃が遅れてたらあたしたちだってヤバかったわ！」

ばたーんと雪の上に大の字に転がったセリカが言う。彼女の薄い胸が、荒い息とともに上下している。

「うにゃ～……もうちょっと華麗にかわせるかと思ったけど、失敗したよぅ」

「いいや、さすがはサーラだと感心したよ。煙幕を巧みに使って、私とセリカがモンスターに囲まれないように調整してくれたからね――ふぅ」

さすがのソリューズも疲れたのか、セリカの隣に腰を下ろし、顔の汗と汚れをハンカチで拭った。彼女の美しい白色の装備品は、モンスターの返り血でどろどろだった。それは激戦であったことを示すものだ。明らかに「剣」によって斬られた巨大モンスターの死体がいくつも転がっているのが遠目に見えており、グランリュークは息を呑んだ。

彼女が切り刻んだ、ということだろう。

この人は強い。

とんでもなく。

「……それはそうと、援護射撃、だったか？　さっきから言っているが、なんのことだ？」

グランリュークがたずねたときだ。

「あれだよ」

ちょうどサイクロプスの２体が続けざまに倒れた。

「な……今、なにが？」

「シルバーフェイスが倒してくれたんだ。ああして、迷宮から」

「いや、そんなことできるわけ……攻城兵器ならまだしも、あんなふうにピンポイントで？　魔術ならば可能なのか？」

「──そうよ！　魔法よ！　なんか魔法が出にくいのよ！」

がばりと起き上がったセリカが叫ぶと、

「ふぅう……『回復魔法』も発動が悪くて苦労しましたぁ。サーラさん、もう大丈夫です」

「うわ、ありがとー！　さすがポー……フラワーフェイスちゃんだね！」

傷が塞がったサーラがぴょんぴょん飛び跳ねている。

「『星白の楔』はソウルによる兵器だから、魔術や魔法の類には制限が掛かるはずだ」

「『星白の楔』……というのは『ルネイアース大迷宮』を攻撃した、あの光かい？」

ソリューズはすぐに勘づいたようだ。強い上に頭もいい。

「そうだ。ソウルによって魔素の結びつきを弱くし、魔力の流れを阻害する。だから『ルネイアース大迷宮』の魔術もほとんど使えないはずだけれど……」

「それでも、シルバーフェイスはなんとかしてしまうんだよ！」

なぜだか自分の手柄のようにソリューズが言うと、

「そうだな！」

なぜだかグランリュークまで胸を張った。

「とりあえず、私たちも避難したほうがいいんじゃないかな？　シュフィや冒険者たちはマンノームの里に行ったのだろう？」

「あ、ああ、そうだった。君たちの手も借りたいんだ、いいかい？」

「手を借りる？」

「実は、今、里の中は……」

とグランリュークが説明しようとしたときだ。

「おかしくないですか……？」

ポーラがつぶやいた。

「シルバーフェイス様の射撃が、さっきから止まったままです」

「……え？」

「一定の間隔で撃ってましたよね？　だけど、止まってませんか？」

「確かにそうかもしれないにゃ〜。撃たれないから、ほら、どんどんモンスターが迷宮にたどり着いてる。っていうか、迷宮が沈んでいってる？　だから弾を撃ってた場所が下がってきてるし」

サーラの指摘にソリューズがハッとして、立ち上がった。

「……シルバーフェイスは、もう迷宮内部に避難したということ？」

「そうに決まってるわ！　あたしたちが逃げたのを確認したってことでしょ！」

セリカは断言したが、そのすぐ後に1発の弾丸が発射された。

それは——今までとはまったく違う、上へと向けて放たれたのだ。

その先になにがあるわけでもない、ただ空へと飛んでいくだけの無駄撃ち。

今この状況で、無駄撃ちなどする意味があるか、と言われれば——あるわけがない。

「…………」

「…………」

ポーラと、サーラのふたりは黙っていた。黙って、無駄撃ちされた空を見つめていた。

「今のは、なんだ……？　シルバーフェイスは避難したのではなかったのか？　……サーラ、君はどう思う？　私はサーラの『勘』は当たると常々思っている」

サーラの「ソウルボード」での「直感」は5だった。これは冒険者の中でも抜きん出て高いレベルで、ちょっとした「隠密（おんみつ）」ならば見抜けることはもちろん、迷宮内の分かれ道などでも正解を当てる確率を大幅に上げる。

ソリューズは「ソウルボード」の存在を知らないが、これまでサーラといっしょに長く行動してきた経験から、彼女の「直感」――「勘」が優れていることを知っている。

「んんんんん、ここからじゃ、わっかんないけどぉ……」

わからない、それはそうだ。

だけれど、今ある材料で判断するしかない。判断、いや、「勘」でもいいから決断する必要がある。

そんな切迫した緊張感だけがここにあった。

「……なんか、ヤバい感じはある」

サーラは言った。

次の瞬間、ポーラとソリューズの足は動いていた。ふたりそろって走り出していた。

「ちょっ、ソリューズ⁉　フラワーフェイスも⁉」

「すまない、セリカ。シュフィを頼む！」

一度だけ振り返ってそう言うと、ソリューズはもう振り返らなかった。

「あ〜〜、もう！　あのふたりは、もう！」

文句を言いながらも、セリカはもう走る元気も残っていなかった。

なぜポーラとソリューズが走り出したのか——サーラが口にしたのはただの「勘」だ。だけれど仮に「勘」であったとしても、ヒカルの身になにかが起きた可能性があるなら、行動しないという選択肢はない。

特にポーラとソリューズのふたりはシルバーフェイスに——ヒカルのためならば簡単に命を投げ出すことだってするだろう。ソリューズは命を救われたし、聞いている範囲ではポーラも同じようだった。

とはいえ、セリカだって行けるものなら行きたい。

さっきあれだけ助けてもらったのだから。

正直言えば、今回の戦いはヤバいと思っていた——ぎりぎりのところで逃げることを常に頭のなかで考えていた。逃走戦をせずに済んだのは、ヒカルの援護射撃と、幸運が手伝ってくれたというだけだ。

「ウチも行ってくるよぉ……困ったお嬢様たちだよねぇ」

「お願い、サーラ！　っていうかアンタの言葉を信じたせいだからね！」

「てへっ」

拳で頭を殴るフリをしつつベロを出す、「てへぺろ」なんてどこで覚えたのか——日本に決まっている——サーラは走り出した。さっきまで傷を負っていた足とは思えないほど軽やかなステップで下り坂を駆けていく。

「い、いいのか？　モンスターのいる場所へ戻るなんて……」

「大丈夫よ！　あたしたち、逃げるときはちゃんと逃げるから！」

そう言いながらもセリカは、心配そうに見ているのだった。


走りながらソリューズは、遅れまいと懸命についてくるポーラに目をやった。聖職者であるポーラは、体力こそあるが足が速いとは言えない。それでも一所懸命についてくるのはひとえに、早く、1秒でも早く、ヒカルのもとに到着したいからだろう。

ソリューズもさっきまで息が上がっていたし疲労困憊なのだが、ヒカルのためならばがんばれる。ここでがんばらなければどこでがんばるというのか。

「ポーラくん」

「は、は、はいっ」

「このままだと間に合わないから、もう一段階速度を上げる」

「──は、はいっ……」

おいて行かれる、と思ったのだろう、ポーラは悲壮感を漂わせつつも、うなずく。

「君は待っていてもいいんだぞ！　ここから先はもっと危険だ」

「ダ、ダメ、です！　ヒカル様が、お怪我をしていたら、治さなきゃ……！　私が死んだって、いいんです、ヒカル様にもらった命だから……!!」

ソリューズは、ポーラと話したことは今まであまりなかったけれど、彼女の、ヒカルへの真摯な態度を見ていて「自分と同じ」ではないかと思っていた。ヒカルにはラヴィアという愛する人がいて、彼女以外に目を向けることはない。でも、それでも、ヒカルのためになにかできるのならば、なんでもしたいと。

ソリューズの胸が震えた。

同じだと思った。

この身などどうなってもいいから、彼が窮地に陥っているならば助けたい。

「私は剣だ。一振りの剣」

「……えっ」

「シルバーフェイスの前に立ちふさがる者を、屠るための剣。ただそうありたい」

「ソリューズさん……」

ぽん、とソリューズは走るポーラの背中を叩いた。

「私の足跡をたどっておいで。物陰を通りつつ、上へと上がる足場を探し、ロープを垂らすから」

「は、はい！」

「それでいいね、サーラ？」

「えっ？」

驚いてポーラが振り向くと、そこには足音を消して走っているサーラがいた。

「……いいよぉ。ウチのツールボックスにまだロープ入ってるしぃ……なんかふたりがいい雰囲気だったから入りにくかったよぉ」

「ははは、私たちはシルバーフェイスを影ながら支える同志だから。ねえ、ポーラくん」

「同志……は、はいっ！」

「うん。それじゃ先に行く」

いっそうスピードを上げたソリューズと、その後についていくサーラ。

（……マズいな）

身を隠しながら上るルートを探すとなると少々時間がかかる。だが、離れた場所にモンスターがいる以上、そうするしかない。

すでにモンスターたちは、迷宮の壁面に飛びついて登り始めている。

（間に合うか……？　急げ、急げ、急げ！）

心臓が破れそうなほど、激しく鼓動している。肉体の細胞すべてが酸素を求めている。息が荒い。

「東方四星」のリーダーとして、涼やかで、麗しく、まるで貴族のように振る舞ってきたソリューズがこれほどがむしゃらになっている姿を、冒険者の誰も知らないだろう。ソリユーズが尊敬する「彼方の暁」のリーダーのサンドラや、先輩冒険者のマリウスであったとしても。

ソリューズは、モンスターに気づかれないように多少の遠回りをしたが、大地にめり込み、沈んでいく「ルネイアース大迷宮」の外壁へとたどり着いた。

こうして見ると絶壁だ。高さも１００メートル以上はあるが、ゆっくりと、毎秒１センチくらいの速度で沈んでいる。

絶壁とはいっても、へこんでいる場所もあれば出っ張っている場所もある。ソリューズは壁にへばり付いて登っていく。サーラも無言でついてくる。言いたいことは山ほどあるはずだ――シルバーフェイスはすでに安全な場所に避難しているかもしれない、とか、わざわざ進行方向を変えたモンスターを追いかけるなんてバカげている、とか、こんな時間があるなら倒したモンスターの素材を剥ぎ取って逃げるのが冒険者としてあるべき姿じゃないか、とか。

そのどれもが正しい。

なのにサーラはなにも言わなかった。

ソリューズの好きにさせてくれる。ソリューズの気の済むように。もちろん、サーラは自分の「勘」を信じさせてしまった責任もあると思っているだろうけれど、ここで判断を間違えたら、一生悔やむことになるかもしれないとわかっているのだ。

ソリューズもサーラもするすると崖を登ることができるが、ポーラはそうはいかないだろう。休憩できる場所を見つけてはサーラが楔を打ち込み、ロープを垂らしている。ソリューズはそちらに気を払うこともできなかった。ただひたすら上を目指した。

10分、いや、20分はかかっただろう――ソリューズはついに迷宮の上部の縁に手を掛けた。縁をつかんだ手に力を込める。寒さと疲労でもうほとんど感覚はないが、それでも自分を押し上げることはできる。

「たどり、着いた――」

その瞬間、ソリューズは信じられない光景を目にした。

いや、「見たくない」と願っていた光景を目にしてしまった。

広々とした平面と、あちこちに立っている砲塔はさきほどと同じだが――違うのは、そこに、大量のモンスターがいることだった。

「シルバーフェイス……」

サイクロプスの群れがいて、キマイラも床のニオイを嗅ぎながらうろうろしている。

ソリューズは、見たこともない金色の魔導具らしき物のそばに倒れている少年を見た。

「シルバーフェイス!!」

だが彼女は、這い上がって少年のもとへと駆け寄ることはできなかった。

『ギイイイィエエエエエッ!!』

急降下した怪鳥のツメが、ソリューズの左肩をえぐったのだ。ソリューズはちょうど迷宮の縁の上へと上半身を持ち上げたところだったので、衝撃に身体をあおられ、

「あ……ッ」

崖から離れて落下していく。

「――ソリューズ!!」

すぐさまサーラが手を伸ばし、その背中のマントをつかんだが、サーラも引きずられるように落ちていってしまう。

「っく、サーラ!!」

「にゃあああああああ!!」

サーラとソリューズは同時に、先ほど自分で垂らしていたロープを手にした。ふたりの身体は急停止し、ピンッと張ったロープを中心にぐるりと身体が回転し、壁面に身体を打ちつけるが――それでもふたりは生き残った。

「だ、大丈夫ですか!?」

高さは半分より少し下。さらに下に――地面では、ようやくやってきたらしいポーラが荒い息を吐いている。

「ソリューズがケガをしたの！　ポーラちゃん、上がってきてぇ！」

「は、はい！」

「……だ、大丈夫だ。私は。それよりも急がないと……！」

さっきソリューズは見た。

「シルバーフェイスが危ないんだ!!」

倒れ伏した少年のそばへとモンスターが近寄っていたのだ。

シルバーフェイス、と誰かが呼んだ気がした。

暗い暗い底にあった意識が、不意に舞い戻ってきた。

「っ……」

痛み。

——いったいどこで油断したのか。

意識が戻った瞬間に感じたのは、ミスをしたことへの強い後悔の念だった
ソアールネイに後ろから殴られたのだ、とヒカルはすぐにわかった。

頭がふらふらしているのと、指一本動かせないのとで、ヒカルはただ倒れていることしかできなかった。状況は悪い。最悪だ。周囲をどしんどしんと歩き回る気配があって、ぼやけた視界には巨人のような足が見えていた。

いったいどれくらい自分は気を失っていたのか。

「…………」

なにもできない。声すら出ない。「隠密」を発動したのだが、すでに遅かったようだ。ヒカルは発見され、注目されている。この明るい場所ではヒカルを隠すものはなにもなく、敵の注意を逸らすものもないのだ。

ただなにもせず死を待つだけなのか？

（僕は——死ぬのか？）

こんな場所で？

ソアールネイに裏切られて？

（アイツは……どこに行ったんだ）

ソアールネイの姿が見えない。なぜ自分にトドメを刺さなかったのか、理解に苦しむ。もしかしたら遠くでこの様子を見て楽しんでいるのかと思ったが、ソアールネイは魔術研究者で、ブッ飛んでいる女ではあるものの、スプラッター趣味はなかったはずだ。ということは、逃げた？　トドメを刺すよりも早くモンスターが戻ってきたのか？

わからない。

わからないが、それを知ったところでもはや意味はない。

すぐ近くで足音がやんだ。巨人が——さっきはいいようにヒカルがライフルで撃ち抜いたサイクロプスたちが、ヒカルを見下ろしている。ヒカルがさっきの狙撃手だと理解しているのだろうか？　それはわからないが、ヒカルを生かしておくような存在でないことは確かだ。

離れた場所でずぅん……と音がした後に、サイクロプスのものではない咆哮が聞こえた。飛竜の仲間が着陸したようだ。ずるりずるりという音は大蛇だろうか。

モンスター大集合だ。

動けない自分を倒しに、モンスターが集結しているのか？

バカバカしい。

（……バカは、僕だ）

ソアールネイに無防備な背中を見せた。

（流れで協力態勢を築いたことによって情でも湧いたのか？　コイツなら信用できると？）

ソアールネイはヒカルの手腕に驚いたふうを装って、ヒカルを欺いたのだ。

（バカは、僕だ!!）

最終目的を見誤った。

自分がしなければいけないのは「世界を渡る術」を使えるようにすることだった。だというのに、モンスターを倒すことに夢中になってしまった。

なにがなんでも、ソアールネイの腕の1本や2本を落としてでも、魔術を解かせるべきだった。真実を話させるべきだった。マンノームの里が滅んだとしても。

すべては自分の油断が招いたことだ。

（…………）

そのときふと、ヒカルは気づいた。

（……なぜだろう）

命は、あと数分？　サイクロプスが気まぐれを起こせば、10分くらいはもつかもしれない。

だが今日死ぬことは確定のはずだ。

ゆっくりと上体を折って、サイクロプスがヒカルに手を伸ばす。

（なぜだか僕は、君の存在を近くに感じているんだ……）

ヒカルは口を開いた。

唇から、ようやく声が出た——彼女の名前を呼んだ。

「……ラヴィア」

ぴしり、と乾いた音がした。薄くなった石畳を巨人が踏み抜いたのか、あるいは張っていた氷をモンスターが割ったのか、そんな音だ。

だけれど、その音はヒカルが過去に何度も聞いた音だった。

聞き間違えようがない音だった。

世界を渡ろうとする、その音は――。

開かれた亀裂の向こうには闇がある。唐突に現れたその亀裂に驚き、サイクロプスたちは動きを止める。亀裂は小さなものだった。そこにあるだけの摩訶不思議(まかふしぎ)な存在でしかなかった。

だけれど次の瞬間、闇が揺らいだ。

何度も、何度も揺らいだ。やがて、高温に溶けるプラスチックのように闇に穴が開いて、向こうの世界が見えた。

ウソだろ。

「――ヒカル!!」

ぼやけた視界に、彼女の姿ははっきりとは見えない。でも声は、待ち焦がれていた声だけは、聞こえた。

「ラヴィア――」

見えていないのに、声を聞いただけではっきりとわかる。ラヴィアもずっとがんばっていた。「世界を渡る術」を成功させようと苦労して、あがいて、全力を尽くしていたのだ

――それが伝わってきた。

「『ファイアブレス』」

ラヴィアが放ったのは初級の「火魔法」だったが、「火魔法」の天才であるラヴィアが使えばそれは中級魔法以上の力を持つ。

炎は亀裂にぶつかると四散するが、亀裂は確かに広がっていく。こんな状況をヒカルは見たこともなかった。亀裂が安定して開いていることにも驚いた。

(そうか――マンノームの里からのソウルによる攻撃で、世界を覆っている魔術にほころびが生まれたんだ)

ソアールネイの反応を見るに、「世界を渡る術」を妨害していた網のような魔術は「ルネイアース大迷宮」に根っこがある。その「ルネイアース大迷宮」の基幹魔術が効力の大半を失ったので「世界を渡る術」が使えるようになったのだ。すでに、ヒカルの願いは叶えられていたのだ。

さらにはラヴィアによる魔法だ。

生まれたのが小さなほころびであったとしても、それを広げれば通ることができる。

「『火魔法』をぶつけてこじあける」という、直接的かつ効果的な打ち手をラヴィアは発見

したのだろう。

「『ファイアブレス』『ファイアブレス』『ファイアブレス』『ファイアブレス』『ファイアブレス』……!!」

詠唱を省略しつつも魔法を連射すると、ヒカルの周囲にむっとした空気が立ちこめる。亀裂がみしみしと音を立てて開いていく。異様な雰囲気にサイクロプスたちが後ずさる。

「ハァ、ハァ、ハァ……」

玉のような汗を浮かべたラヴィアは、膝に手を突いて荒い息を吐いていた。

ラヴィアの魔力量はかなり多いのだが、それでも詠唱を省略した連続魔法を放ったら身体が悲鳴を上げるに決まっている。400メートル走を5秒のインターバルで何本も走るようなものだ。

無理をしないでほしいという気持ちと、あともう少しだからがんばってほしい気持ちと、相反する感情がヒカルのなかで渦巻いている。

(ああ……僕は、さっきまで絶望しかけていたというのに。ラヴィアの声を聞いただけで希望を持とうとしている)

周囲に暖気が満ちたせいか、希望をもったせいか、ヒカルの指先がピクリと動いた。

「すぅ……」

小さく息を吸ったあと、詠唱が聞こえてきた。

「『我が呼び声に応えよ精霊。我が欲せしは万物を、生き物を、理すらも焼き尽くす業火』――」

亀裂の大きさはもう1メートル近くになっていて、空間に干渉をし続けるせいで、乾いた炸裂音がずっと続いている。

亀裂を挟んでこちら側にいるヒカルであっても、濃密な魔力の気配に気がついた。

マズい、と感じたのだろう、さらに一歩、サイクロプスたちが後ずさる。

亀裂の向こう――日本では、ラヴィアを中心に直径3メートルほどにわたって床が光を放った。

ラヴィアの髪の毛がふわりと逆立ち、悲鳴のようなものが向こうから聞こえてくる。

ヒカルは知らないが、この様子はオンラインミーティングを通じて世界各国の科学者が目撃しており、彼らはディスプレイにかじりついて、ある者は悲鳴を上げ、ある者は拳を天に突き上げて声を放っていた。

「『踊れ精霊、我が魔力を糧に歌え精霊、無垢なる天地を取り戻すため、焼き尽くせ』」

ラヴィアの頭上に巨大な魔法陣が現れた。そこからゆったりとせり出してくる巨大な火球。

「『業火の恩恵』」

ゴゥッ、という音とともに、すさまじく巨大な火球が亀裂へと激突する。みしみしみしと盛大な音を立てて、亀裂ははるか天へと向かって裂けた。炎が飛び出してくると、巨大な蛇のような炎はヒカルの頭上を通り過ぎ、数体のサイクロプスとキマイラを焼いて、飛んでいった。

「ハァ……ハァッ……ハァ、ハァッ……！」

熱気で、周囲には湯気が立ち上っている。そこを、彼女は、ゆっくり歩いてくる。

慎重に、だけれど大胆に、一歩一歩を踏みしめて。

この数歩の距離をヒカルは、ラヴィアは、どれほど遠いと感じていたことだろう。気が遠くなるほどだった。

「ヒカル……」

ラヴィアはついに、こちらの世界の、迷宮の石畳を踏んだ。

「ヒカル!!」

彼女は走り出した。

ラヴィアの手が自分の頬に触れたのを感じる。のぞき込んでくる距離の近さに驚きながらもヒカルは、ぼやける視界に泣き顔の彼女を見て、自分も涙をこぼしていることに気がついた。

「……ラヴィア、君のきれいな髪がすこし焼けてしまったね」

焦げたニオイが鼻を突いた。

「髪くらい、いくらでも切るわ……あなたに会えるのなら」

それは照れくさいほどに真っ直ぐな言葉だった。

「ヒカル……ちょっと待ってて」

ラヴィアは周囲を見回した。サイクロプスは逃げるべきか、仲間を殺されたことで怒るべきか迷っているようだった。一方で遠くを飛んでいる2、3体の飛竜や怪鳥は明らかにこちらを狙っている。

「今は休んでいて」

ラヴィアはヒカルをその場に寝かせると、すぐそこに落ちていたリュックから、魔法使い用の杖が落ちていたのを拾い上げる。

それはこの迷宮でヒカルが手に入れた「五色煉宝の魔杖」という杖なのだが、ラヴィアは当然そんなことは知らない。

「……無理は、しないで……」

ラヴィアが魔力を練っていることに気づいたヒカルはそう言ったが、それが限界だった。ラヴィアに会えたことで緊張の糸が切れてしまったせいかもしれない、意識が闇に呑まれてしまったのだ。

◇

ラヴィアは落ち着いていた。「ヒカルとの再会」という最大の願いは叶ったのだが、見渡せば凶暴なモンスターに囲まれている。ここがどこなのかもわからないし、どういう状況なのかもわからないが、それでもピンチであることは確かだった。

縦に裂けた「世界を渡る術」の亀裂はゆっくりと元に戻ろうと――なくなろうとしている。今からヒカルを担いで向こうに行こうとすれば、モンスターたちが隙を突いて襲ってきそうな気配があった。それに、ラヴィアにはヒカルを担いで走れるほどの力もない。

こんな状況だというのに、ラヴィアは落ち着いていた。

魔法を連打して体内の魔力量は底を尽きかけているのに。

「ふぅ……」

いや、正確に言えば落ち着きではなく――煮えたぎる怒りのせいで、恐怖をまったく感じていなかったのだ。

暴走しそうになる自分をぎりぎりでこらえていた。

「……誰なの？」

思ってもみないほどに低い声が出た。

「わたしのヒカルをこんな目に遭わせたのは、誰なの？」

ラヴィアは、ここにいるモンスターがヒカルを襲ったのだと信じていた。それ以外にあり得ないだろうという状況でもある。

「まあ、言葉なんて通じないよね」

息を吸って、吐くごとに、体内に魔力が満ちていく。

実のところ日本——地球には魔力がない。そんな環境にいたラヴィアの身体は魔力に飢えていた。今、大気に魔素が満ちているようなこの世界に戻ってきて——「星白の楔」によって乱されてはいても、魔素がなくなったわけではない——彼女は呼吸をするたびに魔力を増幅させていたのだ。

湯気のように立ち上る青白い魔力の光は、モンスターにもはっきりと見えた。

「ヒカルの危険は、わたしが排除するの」

巨大な宝石がはめ込まれた杖を空へと掲げ、ラヴィアは魔法を発動する。

「——『業火の恩恵』」

先ほどとは比べものにならないほどの光——。詠唱をしない魔法であるというのに、彼女はその時間すら惜しいとばかりに魔力によるごり押しでその魔法を行使した。

周囲数十メートルにわたって石畳が輝き、冗談みたいに巨大な魔法陣が空に描かれる——。

応急処置でポーラに治療してもらったソリューズは、懸命にロープを伝って、もう一度崖を登っていた。そんな彼女ですら、太陽ではない別の光源が現れたことに気がついた。

空に——魔法陣が出現し、赫々とした業火球が顕現する。

セリカを連れてマンノームの里に戻り、一緒に非常通路に入ろうとしていたグランリュークたちも振り返った。

「な、なによあれ……」

同じ魔法使いだからこそわかる、その異常さ。

あんな巨大な魔法陣なんてセリカは見たことがなかった。

「な、なんだあれは……!?」

丘の上で静観を決め込んでいたジャラザックの偵察部隊もまた驚愕した。

歴戦の猛者である彼らは、肉体で戦うことが多いために魔法を軽視する傾向があったのだが、そんな彼らですら恐れを感じるほどの巨大な魔法陣、業火球。

「あ、あれは魔法か……？　たったひとりの魔法使いがあのようなことを成すというのか!?」

隊長の疑問に答えられる者は誰もいなかった。

ラヴィアは、単に魔法を行使しただけではなかった。

ずりずりとせり出してくる業火球はまるで小さな太陽だ。

「——行け」

飛び出した炎はすさまじい勢いでサイクロプスを呑み込んでいく。すでにサイクロプスの大半が逃げ出していたが、焼かれた者も多かった。

「はあああああっ……」

両手を突き出したラヴィアは、魔力によって業火球をコントロールしようとする。地面を舐めるように動かしていくと、遠くでこちらをにらみつけていた2体のキマイラに迫る。あわてて逃げるキマイラの片方を焼き、

「はあっ！」

さらには空へと跳ね上げる。上空で様子をうかがっていた飛竜と怪鳥は逃げ出そうとしたが、そのすぐ近くで業火球が爆発すると、それに巻き込まれてすべて墜落していった。

モンスターの群れは逃げ出した。

すべてが。

あれほどいた脅威が——ヒカルの命の危機であったすべてがいなくなったのだった。

「ふぅぅぅぅ……」

カラン、とラヴィアの手から杖が落ちる。焼けた石畳は黒ずんでおり、燃えたモンスタ

ーから立ち上る黒煙が、風にたなびいている。

「ヒカル……」

ラヴィアはすぐに振り返ると、ヒカルのそばにぺたりと座り込んだ。

「ヒカル、ヒカル、ヒカル……」

震える手で彼の頬に触れ、そのまま首筋に手を当てる。

「……よかった、生きてる」

ラヴィアはヒカルの手を、胸の前で握りしめた。

「よかった……ほんとうによかった」

そうして彼女は、気を失ったままのヒカルにこう言った。

「ただいま、ヒカル」

エピローグ　壊れた理と、再構築される秩序

魔術による「異世界渡航」成功
著名科学者らが見守るなか
世界初の実験成功

I県馬句市にある国立B大学の研究施設で、魔術による「異世界渡航」の実験が、世界で初めて成功した。

報道関係者としては本紙のみが見学を許された実験は、関係者が見守るなかで実施された。

実験を主導したのはB大学荒井源助教授（専門：量子力学）。

本研究施設は今年4月の運用開始を控えており、「異世界渡航」の実験のために提供された。

かねてより異世界から日本へのゲート（亀裂）が開かれることはあったが、日本か

ら異世界へのゲートを開くことはできなかった。そのため今回の「異世界渡航」の実験となった。協力者は自称異世界人のラヴィアさん（14）。

※ラヴィアさんは未成年だが、異世界人であるという重要性、ラヴィアさん本人の許諾も得ていることから、お名前を公表することにした。

ラヴィアさんは昨年12月にY県藤野多町で起きた、一般市民邸の襲撃事件にも関与している。魔法を操り、襲撃者を撃退した少女がラヴィアさんだ。

本紙はラヴィアさんの異世界への帰郷希望を聞き、できうる限りのサポートを行ってきた。「異世界渡航」実験もそのひとつだ。

ラヴィアさんの知識をもとに魔術の実験を行った。

使用するのは彼女が持ち込んだ魔力結晶であり、実験で発生する現象の観測と安全の確保を、荒井教授がサポートした。

実験の重大性と科学界へ与える影響の大きさを鑑み、日本だけではなく各国の科学者もオンラインで実験に参加した。数日に及ぶ実験は失敗を繰り返したが最後には成功し、ラヴィアさんは異世界へと帰ることに成功した。

実験の詳細な模様やデータは、日本政府、国立B大学と本紙が検討のうえ、適正なタイミングで公開する。

**実験中の研究施設を
武装集団が襲撃**

「異世界渡航」の実験中に、銃器で武装した国籍不明の集団によって研究施設が襲撃された。ラヴィアさんの魔法による牽制（けんせい）で、奇跡的に負傷者は出ず、本紙記者の１１０番通報によって駆けつけた警察官により襲撃者は制圧された。

襲撃者の国籍を含む身元や氏名は不明で、現在取り調べ中だが、現場にいた本紙記者は、武装集団の様子から彼らの目的はラヴィアさんだったと推測する。

ジャラザックの偵察チームは巨大な魔法陣にさすがに危機を感じ、調査を中断して要塞へと戻った。だが彼らの持ち帰った報告は、ゴリゴリの体育会系気質（あるいは肉食系軍隊気質）であるジャラザック軍内部ではまともに相手にされなかった。
「いやいや、さすがにそれはねえわ」
「びびって逃げてきたってことだろ？　変な言い訳すんなって」
「『ルネイアース大迷宮』を見つけられなかったって正直に言えばいいのに」

偵察チームにとって不幸だったことには、報告内容を疑問に思った軍部は別のチームに偵察に行かせたのだが、そこにはなにもなかった。破壊の痕跡は雪によって覆い尽くされ、なにより迷宮そのものが消えてしまっていたため、報告の信憑性は大いに下がった。

とはいえ、浮遊島の存在は多くの人に目撃されている。偵察チームの報告内容は「疑問あり」という注意書きがつけられたものの、フォレスティア連合国内に共有された。耳目を集める情報というものは放っておいても徐々に広がるものであり、やがて冒険者ギルドが聞きつけると横のネットワークでどんどん広がっていき、最終的には各国首脳が知ることになったのである——およそ1か月ほどあとには。

「疑問あり」という注意書きとともにではあるけれど。

やがて、ウワサに尾ヒレがついて広がっていくことなんて当然知らないヒカルは、目を覚ました。

「う……」

めまいと、気持ち悪さに襲われる。だけれど身体の痛みはなかった。

殺風景な部屋の、シンプル極まりない寝台に寝かされていた。扉も、窓も、それどころか屋根すらないこの建物がマンノームの里なのだろうということは明らかだった。以前来たときには冬だというのに快適な温度だったけれど、今はほんのり寒い。

「んにゃっ」

枕元にいたのは意外にもサーラだった。すらりと長い手足で身を乗り出した彼女は、

「目、覚めた？　この指何本に見える？」

人差し指を立ててヒカルの前にシュシュシュと振った。

「いや、速すぎますって……それケガ人に確認する速度じゃない。だけど1本でしょ」

「正解！　おーい、みんな～！　ヒカルくんが目を覚ましたよぉ！」

サーラが大声を上げると、真っ先に飛び込んで来たのはソリューズだった。

「わ、わぁ、わぁぁ……」

サーラの手を借りて身体を起こしていたヒカルを見て、部屋の入口でソリューズは固まってしまった。そうしてぽろぽろと涙をこぼしながら、声をあげて泣き出した。

「え？」

いや、ソリューズさんがなんで泣いているんだ？　彼女は冷静沈着で、取り乱したところを見せない冒険者ランクB「東方四星」のリーダーのはずだ。

「よ、よかっ、よかった……ほんとうに――」

「ヒカル様ぁ!!」

ソリューズの横から飛び込んで来たのはポーラだった。ヒカルに突撃する寸前ぎりぎりのところでぐっとこらえ、

「具合の悪いところはありませんか⁉　痛むところは⁉　あのっ、ここだと『回復魔法』の効果が出にくくって……‼」

「あー、そうか。魔素が薄いんだよね、ここ」

「はい……！」

マンノームの里は特別な仕掛けでもあるのか、大気中の魔素もほとんどないのだ。おろおろしているポーラだったが、ヒカルは頭がふらつく以外は問題なかった。

「僕はとりあえず大丈夫――」

言いかけたヒカルは、部屋の入口に立っていた彼女に気がついた。

「……ラヴィア」

だぼっとした黒のパーカーは、この世界にはないものだ。ショートパンツも、レギンスも、スニーカーもすべて。

だけれどそれを着こなしている彼女は紛れもなくこの世界の人間で。

「ヒカル――」

寝台から足を下ろし、立ち上がったヒカルへとラヴィアが駆けてくる。その身体を抱き止める。

「ヒカル……！」

小さい身体だった。肩幅も小さくて、背も小さくて。

そんな彼女が成功させたのだ。たったひとり、日本で、「世界を渡る術」を。

「ラヴィア……ありがとう」

「ううん、ヒカルにもう一度会えたから……」

それだけで十分だった。ふたりはしばらくの間そうしていて、だんだん気恥ずかしくなったサーラが「そろそろその辺で終わりにしませんかねぇ……？」と切り出すまでは、抱きしめ合っていたのだった。

マンノームの里には多くのマンノームが残っていたが、彼らは全員昏睡状態にあった。いや、ぎりぎり生命が維持されている仮死状態だった。食物も取らず、排泄もしないが、かすかに生きている。ヒカルの「生命探知」でも生きていると感じられた——その力は弱々しかったが。

ポーラが「回復魔法」を使っても回復せず、仕方ないので家の中で倒れていた者は寝台に、外の広場で——「星白の楔」の塔のそばに倒れていた者は集会場に集めて寝かせた。

塔の上にいた研究員たちを下ろすのはさすがに大変だったので、毛布を運んでそこに寝かせている。床ずれとか起きたらどうしよう、とヒカルは心配していたのだが、ポーラが

毎日「回復魔法」をかけて回っているので今のところは問題ないらしい——千人にも及ぶ住民全員に「回復魔法」をかけられるポーラってなんなんだよ、とヒカルは思ったのだが、とりあえずそこは考えないでおく。

「どうしてこんなことに？」

ヒカルはすでに体調が戻っていた。ソアールネイに殴られた傷はもとより、ラヴィアと離れてからずっと働きづめで疲労が溜まっていたのだが、丸一日眠っていたらしくその疲れもだいぶ取れていた。

シルバーフェイスの姿になったヒカルは研究所にいるヨシノをたずねていた。

それは目が覚めた翌日のことだった。

「『星白の楔（せいはくのくさび）』はソウルを撃ち出す決戦兵器でね……どうやらマンノーム全員のソウルも吸い取っていたようなの」

テーブルを囲んでいるのはヨシノとヒカル、ラヴィア、それにポーラだった。「東方四星」は救い出した冒険者を連れて聖ビオス教導国に向かった。ソリューズは「シルバーフェイスといっしょに残る！」と駄々をこねていたのだが、ヒカル本人から「ソリューズさんがいたほうが冒険者ギルドに話も通しやすいでしょうから、よろしくお願いします」と頼まれると「むぅ……」と渋々という顔になり、「ソリューズさんが頼みなんです」とさらにたたみかけられると「そ、それじゃあしょうがないな！」とご機嫌で出て行った。

ちなみに言うと「黒楔の門」は稼働していたが、動作が不安定で、1日に1回しか使えないということだった——おそらく大地のソウルも吸い尽くしてしまったからで、回復には時間がかかるだろう。

冒険者たちに「黒楔の門」の存在は教えられないので、彼らを酔っ払わせて眠らせてから門を通って運んでいった。

「試運転のときに懲罰房に監禁されていた私とグランリュークはなんとか無事だったけど……里のみんなは知っての通りよ。まったく、とんでもない決戦兵器だわ」

とヨシノは言った。

「……ちょっと気になったことがあるんだが」

「なに？」

「前は、ヨシノは『リキドー』って呼んでなかったか？」

「え!?」

まさかそんなことを聞かれるとは思っていなかったのだろう、ヨシノはぎくりとした顔をしたが、

「そ、そうだっけ？」

「まあ、どうでもいいことかもだけど」

「そうよ！　どうでもいいことよ、そんなの！」

ヨシノは一度里を出てグランリュークと行動をともにして、ここにまた戻ってきて「星白の楔」の使用に巻き込まれた。その一連のいきさつのなかで、グランリュークをだいぶ見直していたのだが、それは彼女自身もまだ自覚できていないことだった。

「はぁ……大長老たちが『遠環』も含めて全員を里に呼び戻していたのは、『星白の楔』の威力を上げるためだったなんてね……」

「死ぬ気で倒そうとしていたってことか？」

「それだけの相手だったことは確かだけれどね。迷宮はもう沈んだんだっけ？」

「ああ。地中にね」

先ほどヒカルは非常通路から里の外に出て、「ルネイアース大迷宮」がどうなっているかを確認したのだが、雪が降ったらしく一面の銀世界があるだけで、そこにはきれいさっぱりなにもなかった。逃げたモンスターたちの姿もなかった。

ヒカルが撃ち落とし、「東方四星」が倒したモンスターの死骸も雪が吹きつけられていて岩石のようだった。これらはすでに凍っていて、放っておけば春までそのままだろう。冒険者ならそこから素材の採取くらいするべきだが、今はそんな余裕もないのでラヴィアの魔法で焼き払ってもらった。ジャラザックから軍が派遣されたときに痕跡を残しておきたくなかったのだ——特にこのマンノームの里は隠蔽したい。

「星白の楔」のせいで山のてっぺんに穴が開いていたが、そちらはセリカが「土魔法」で応急処置をして塞いでいた。だから外から見ても何の変哲もない山だし、内部にもこれ以上は雪が入り込まなくなった。

（ソアールネイにバレてはいるけど、向こうも迷宮を復旧させるのに時間がかかるはずだ。その間に「黒楔の門」の移設くらいできるといいんだけど……）

ヒカルが考えていると、

「そうなるとやっぱり、里を放棄しなきゃならないわね……ソアールネイ＝サークは迷宮にいるのかしら？」

「おそらく」

ヒカルを後ろから殴って逃げたソアールネイが、どこに行ったのかヒカルは知らない。だがふつうに考えれば迷宮内部に引きこもっていることだろう。

「マンノームたちはどうなる？」

「いつ目を覚ますかはわからないわね。でも、そう遠くない気がするの。数日……10日とか、20日とか」

「そんなに早く？」

「私も倒れそうなくらい気分が悪かったけど、今はぴんぴんしてる。グランリュークもそう。思っていたよりも早く回復しているのよ」

それはうれしい情報だった。

「回復して動けるようになったら……里から出ないとね」

ヨシノはすこしだけ遠い目をした。はるか昔からずっとここに暮らしている人たちが、里を離れなければならないのだ。

反対する者も多いだろう。断固拒否する者だっているはずだ。

(ポーラの故郷のメンエルカもそうだったよな)

近くに「惑わせの森」というダンジョンがあったメンエルカの村は、ダンジョンからあふれるモンスターによって壊滅寸前だった。

ポーラたちの説得もあって村人は村の移動を決断してくれたが、あれほど切迫した状況になってもなかなか村人たちは動こうとしなかった。「村に残って死ぬ」という意見のほうが多かったくらいだ。

(それでもマンノームたちは移住の道を選ぶはずだ)

ヒカルはそう考えている。「ルネイアース大迷宮」はまだ残っているし、サーク家の末裔であるソアールネイが生きていて、さらにはこの里の場所を知られてしまったからだ。

迷宮の存続に、ヒカルが力を貸したことを知られたら相当に恨まれるだろうが、ヒカルとしては巻き込まれた被害者だし、知ったことではない。

(大体——どっちも主張が真逆なんだよな)

マンノームは、魔術によって魔力を使いすぎると世界が崩壊すると言う。

詳しくは聞けなかったが、ソアールネイは、ソウルを使いすぎると世界が崩壊すると言う。

（どっちが正しいかなんて僕にはわからない。勝手に決めてくれ）

おそらくこの2陣営の争いが「真統大戦」というものなのだろう。ヒカルは、この大空洞の上部、壁面にあった祠を思い出していた。

『真統大戦ノ惨禍ヲ憾ミ、本像ヲ遺ス。彼ノ災ガ未来永劫来タラヌ事ヲ祈ル』

日本語で彫り込まれていたその文字。当時の転生者、あるいは転移者が彫ったのだろう。日本人もその戦いに巻き込まれていたのだ。

さらにはヒカルは「ルネイアース大迷宮」にあったライフルについても思い出していた。

あれはソアールネイではなく、15代前のご先祖が造ったのだという。ヒカルは、あのライフルも日本からの転生者、あるいは転移者が造ったのだろうと考えていた。でなければ現代日本で知られているようなライフルの機構と同じものを、この魔術の世界で造るとは思えない。

どちらの陣営にも日本人が関わっていることになる。

さらに自分も関われというのか？

「……冗談じゃない」

運命なんて信じたくはないが、「神」はこの世界には存在するらしい。もしもそんな高次元の存在が自分を、日本人を、操っているのならば思い通りになんてなってやるものか。

思いが、世界を隔てる壁を越えるように、自分は縛られずに自由に生きるのだ。

「それで――ヨシノ。避難先はどうするんだ？」

「今はグランリュークがクインブランド皇国に行っているわ」

「ああ……そうか。あそこの皇帝はマンノームだもんな」

皇国皇帝カグライはマンノームであり、クインブランド皇国はマンノームの里の指示に従って動いていた。一国を操るなんてずいぶんとスケールの大きい話だ。

「君たちはどうするの？」

ヨシノがたずねてきた。

「どう、とは？」

「これから。私たちは大騒ぎだろうけど……シルバーフェイスはもう目的を果たしたんだよね？」

ラヴィアとの再会。

それが叶った今、なにをするべきか——改めてヒカルは思いを馳せた。

　ヨシノと別れ、ヒカルはラヴィアとポーラとともにマンノームの里を歩いていた。見事な彫刻のある壁に、なだらかな舗装路。上空の採光の穴からは光が降り注いでいるが、里の内部は静まり返っていた。1千人ほどのマンノームが死んだように眠り、先端の折れた塔が墓標のように立っている。

（これからどうするか、か……）

「東方四星」はなんとかして日本に行きたいと言うだろうけれど、ソウルの力で魔術に穴を開ければ「世界を渡る術」を使うことはできそうなので、願いは叶う。であればヒカルがもうこの世界で「どうしてもやらなければならないこと」なんてものは存在しない。喧噪から離れてこちらの世界で悠々と暮らしてもいい。それなりのお金も持っている。気が向いたら日本に渡ってもいい。ポーラだって日本を見たいだろうし——。

「セリカさんは、葉月さんのことをすごく気にしていたわ」

　不意にラヴィアが言った。

　どうやらヒカルが眠っている間にセリカとラヴィアはふたりで話したらしい。

「葉月先輩はどうしてるの？」

「うん、受験勉強ですって」

「あー、そっか」

浮遊する島と、それを撃ち落とそうとする決戦兵器、巨大なモンスターとの戦闘……それな日々を送っていたヒカルにとって「受験勉強」という言葉はめちゃくちゃ遠い出来事のように感じられた。

でももし、日本に帰るという選択肢を取るのならば、来年は自分も受験生ということになる。

「そういえばラヴィアは日本でどうしてたの？」

「うん。そんなに話すこともないけど……聞く？」

「それは聞きたいよ。だって、向こうで『世界を渡る術』を使ったんでしょ？　どうやったのかって気になってたし、亀裂の向こうにぼんやり見えてたのも見覚えのない場所だったし」

「私も気になりますぅ！」

ポーラも手を挙げると、

「しょうがないなあ。教えてあげようかな」

むふー、と鼻を膨らませてラヴィアが言う。

ああ――ラヴィアの何気ない仕草も、何気ない話も、すべてが懐かしく、愛おしく感じられた。そして自分はこんな時間を心待ちにしていたのだ。

ラヴィアの話はヒカルの想像をはるかに超えた、冒険に満ちたものだった。御土璃山でヒカルと離ればなれになったラヴィアは葉月と再会し、マスコミの目をかいくぐって佐々鞍綾乃の家へ侵入し、日都新聞記者の日野とともに白雉島へ行き、そこで見つけた魔力結晶を国立大学の研究所に運び、さらには外国の武装兵が乗り込んできた。

「そ、それって大丈夫なのかな？　日野さんとかは無事？」

「わからないけど、襲撃者はわたしの魔法で腰が抜けてたし、日野さんや荒井教授を傷つけても意味がないから大丈夫だったんじゃないかしら」

「まあ、それもそうか……」

「ラヴィアちゃんすごい！」

「ポーラはなんでも『すごい』って言うけど、本気じゃないでしょ」

「そ、そんなことないよ……？　ほんとに思ってるから」

「うん、わかってる」

ラヴィアがからかっただけだと知るとポーラはほっとした顔をして、ラヴィアはごめんねとばかりにポーラのそばに寄り添った。

（……ゆっくり考えればいいか）

ヒカルはそう思った。

これからどうするか、なんて、今すぐ決めなければいけないことでもない。

以前、ヒカル自身がポーラに言ったことだ——神経を磨り減らすような戦いの後はちゃんと休まなければならない、と。大丈夫だと思っていても、気づけば心が壊れる寸前だった、なんてこともあるのだから。

ヨシノの見立てのとおり、それから3日もすると、ひとり、またひとりとマンノームたちは目が覚めていった。

だが読み通りにならないこともあった。

「東方四星」がいつまで経ってもマンノームの里に戻ってこないのだ。

そして、マンノームの避難先について相談するためにクインブランド皇国に向かったグランリュークも、戻ってこなかった。

「……妙だな」

穏やかな生活に戻るはずだったヒカルは、不穏な気配が忍び寄っているのを感じていた。

クインブランド皇国の皇城は歴史のある建物ではあったが、内部は意外と住み心地がよ

い。最新式の魔術が使われており、冬であろうと暖かく、夏であろうと涼しい。ソウル至上主義であるマンノームの里出身のカグライが皇帝であることが信じられないほど、魔術に頼っていた。

「ふう……長かったの。ようやく来たのかえ？」

カグライの執務室は、調度品は少ないが超一級品でそろえられていた。絨毯の柄は緻密だし、テーブルの天板は樹齢1千年を超えた霊木だし、美しく磨かれた窓の外に雪がちらついていても、室内はほどよい温度が保たれていた。

備品が少なくてもよいのは、必要な物はすべて侍従たちが運んでくるからだ。巨大地図に、何十冊という国内資料を、侍従たちが毎日毎日運んでくる。

だが――今日はそんな侍従たちもいなかった。

諜報部の長官だけがそばにいた。世話をする者がいないために、ふたりのお茶はとうに冷めている。

「は。距離がありますからな……。ですがもう間もなく来るようです」

長官の右耳を覆っているのは金属製のプレートだ。これもまた新型の魔道具で、皇都くらいの広さならば声を届けることができるというものだった。

「ちょうど来たようですな」

扉の外から来客を告げる声があり、長官が扉を開けに行った。

「遠路ごくろうだったな」

　その人物を見て、長官は言った。

「……いえ」

　恭しく頭を下げたのは――諜報部の部下にして、ナンバーワンの戦闘能力を持つクツワだった。

　以前はここ皇都を舞台にした陰謀で、ヒカルことシルバーフェイスと戦い、あるいは協力しあった間柄だ。

　彼もまたマンノームだったが、マンノームにしては背が高く、長官と同じくらいだった。

「今回のミッションは極めて難しいものだったが、それゆえにエースであるお前にしか任せられなかった」

　カグライと同じ種族のマンノームであるからといって特別扱いはされない。クツワの能力は正当に評価され、長官もそれを知っている。

「例の人物を連れてまいりました」

　クツワがそう言うと長官の動きが一瞬止まり、クツワの背後を見やる。長官もあらかじめ「例の人物」について聞いていたはずだが、実際に目にするとなると、話は別なのだろう。

沈黙を破ったのは皇帝カグライその人だった。

「——さ、はよう室内へ入るがよい。クツワ。それに、ソ・ア・ー・ル・ネ・イ・＝・サ・ー・ク・よ」

クツワの横をすり抜けて入ってきたのは、ボロの外套(がいとう)を羽織ったソアールネイだった。

長官はなにがあってもすぐに動けるように警戒心を隠そうとしなかったが、クツワは自然体だった。

「……あなたが今の皇帝？」

ソアールネイの無礼な物言いに、カグライ本人はもちろん、クツワも長官もなんの感情的な反応も示さなかった。

「さよう。カグライ＝ギィ＝クインブランドである」

「人を呼び出すんなら迎えの馬車を出すとかできたんじゃないのかしら？　私、この無口な男と何日も二人旅を強いられたんだけど」

親指で指されたクツワは一瞬イヤそうな顔をし、それを見たカグライはニヤリとした。

「茶を淹(い)れようか。——長官」

「はっ」

恭しく頭を下げた長官が魔道具のポットのある場所へと向かう間に、ソアールネイはカグライの向かいのイスに勝手に座り、そのすぐ背後にクツワが立った。自然体ではあったが、クツワもクツワで警戒しているのだ。

「わかるであろ？　貴様の動きを他の勢力に知られるわけにはいかなかったがゆえ、迎えは出せなんだ」

「他の勢力ってなに？　皇国貴族の掌握ができていないの？」

「それもある。先日の『黒腐病』災禍の混乱をまだ引きずっておる」

「なにそれ。詳しく教えて」

「クツワ、説明せよ」

「はっ」

　カグライの言った「黒腐病」は、聖ビオス教導国の先代教皇がマンノームのランナに開発させた「呪蝕ノ秘毒」という呪術がベースになっている毒だ。先代教皇はマンノームを目の敵にしていたので、クインブランド皇国内に積極的にこの毒を広げ、多くの死者が出た。

　クツワが淀みなく皇国で起きたことを説明すると、「ふうん」と、ソアールネイはあまり興味がなさそうだった。

　その間に新しいお茶が運ばれてきて、蜂蜜をたっぷり入れたそれをソアールネイは美味そうに飲み干すと、すぐにお代わりをした。

（里からの情報は真実であったようだの）

　ソアールネイを観察しつつカグライは思う。

この女性、サーク家の末裔は、おそらく「異世界」に渡っていたという。そんな魔術があるという話は聞いたことがあるが成功した者はいないはずだ。だが、「ルネイアース大迷宮」は突如として姿を現し、いきなり浮上したりと世界を驚かせてきた。今までソアールネイが異世界にいたのであれば、つじつまが合う。

「ソアールネイよ、貴様は異世界と自由に行き来できるのかえ？」

お茶を飲んでいた彼女の手が、止まった。

「……できないわ」

「ではどうやって異世界からこちらに渡ってきた？」

「あのときはできたけど、今はもうできない。それだけわかればいいでしょ？　極めて複雑な魔術に関する話だし、今ここで魔術講義をする気にもならないわ」

「ふむ……」

「それよりあなたたちはどうして私を連れてきたの？　あの銀仮面の仲間かと思ったら、モンスターの大群のところにあいつを放置してくるし」

む？　とカグライは反応した。銀仮面、とはシルバーフェイスのことだろうか。「ソアールネイ＝サークの確保」については聞いていたが、シルバーフェイスをどうしたかは聞いていない。

クツワを見ると、

「……この女がシルバーフェイスを背後から殴り倒しました。モンスターが大量に迫っていたため、シルバーフェイスは死んだものと思われます」

「最後まで確認しなかったのかえ？」

「私の任務は、『ルネイアース大迷宮』への接近と偵察。もし可能であればソアールネイ＝サークを確保することでしたから」

　ヒカルたちが火龍(かりゅう)の毛玉を使って上昇気流を作り出し、空へと舞い上がったあと、クツワもそれに続いた。ヒカルは「魔力探知」で半径１００メートルほどは定期的に確認するようにしていたが、迷宮に降り立った後は魔力反応が多すぎて、クツワを捉えることができなかったのだ。

　クツワは内部へは侵入せず、ひたすら周辺調査をしていたところ、迷宮が不時着することになった。クツワにとって最大の危機はそこだった。その後、冒険者と「東方四星」とポーラが外へと出て、最後にヒカルとソアールネイが出てきたのを確認した。

　ひたすら様子をうかがい、クツワはチャンスを待っていた。クツワはヒカルを――シルバーフェイスを最も警戒していたからだ。だからこそ、ソアールネイが殴り倒したのを見て驚いたし、千載一遇(せんざいいちぐう)の好機を逃さなかった。ソアールネイの背後から忍び寄って身柄を確保し、その後、クインブランドの皇都まで連れてきた。

「まあ、よかろう。ソアールネイよ、貴様の質問に答えよう――なぜ貴様をここに連れてきたのか、だったな？　確かに、サーク家の末裔であれば貴様を殺すべきであろ。それこそが我らマンノームの悲願であるゆえ」

「………………」

平静を装ってはいるが、ソアールネイの身体は緊張したようだった。

「……私を拷問でもして、魔術の秘密を探ろうというわけ？」

「いいや、それも違う。貴様の口から語られる秘密を知るには危険が大きい」

「秘密を知る危険ってどういうことよ？　想像もつかないわ」

「――長官」

恭しく諜報部長官は頭を垂れた。

「はっ。たとえばその秘密を実証するには『ルネイアース大迷宮』に向かわねばなりませんが、ソアールネイを同行させなければなりません。迷宮はソアールネイの庭であり、そこに連れて行くのはただの利敵行為になります」

「ふうん、ちゃんと考えてるじゃない。だから私を迷宮から離して、ここに連れてきたというわけね？」

ゆっくりとカグライはうなずいた。

「……なら、なおさらわからないわ。私を生かしてどうするわけ？　もしかして、魔術講義を本気でやらせようと思ってるとか？」

「それも面白そうではある。だが、違う」

「謎かけなんてやめて、さっさと答えを言いなさい。面白い内容なら付き合ってあげるわ」

どこまでもソアールネイは尊大だった。迷宮から出たソアールネイなど、ただの非力な魔術研究家にすぎない。武器も持たなければ武術もできない彼女だというのに、持って生まれた性格か、あるいは権威にまったく興味がないゆえか、どこまでも尊大なのだった。

「では、ここにゲストを呼ぼうかの」

カグライは卓上に置かれていたベルを持って、ちりん、と鳴らした。澄んだ音色は控え室にいる侍従に伝わったことだろう。

しばらくすると扉が開き、5人のマンノームが入ってきた。

振り返ってそちらを見たソアールネイは、「ん？　誰？」という顔をしてから、

「……まさか」

とつぶやいた。

まず入ってきたのは屈強なマンノーム4人で、中央にいるマンノームを守ろうとしている。その中央のマンノームは——かなりの高齢だった。おそらく、200歳は優に超えているであろう老人。しっかりとした足取りでやってきた老人を、カグライは立って出迎えた。

「――七の長老、こちらにどうぞ」

長老。

それはソアールネイも知っているのだろう――マンノームの里の超重要人物だ。

「ああ、ありがとう。ここでは君がトップだから、隣に座らせてもらおうか」

にこやかに言った長老は、カグライの隣のイスに座った。護衛らしきマンノーム4人は長老の背後に並んだ。

「こちらがソアールネイ＝サーク。サーク家の末裔である」

カグライが説明すると、七の長老に変化はなかったが、護衛の4人はわかりやすく殺気立ってソアールネイをにらみつけた。

「ソアールネイよ、こちらはマンノームの里の長老のひとり、七の長老である」

「そう……みたいね」

彼女の想像を大きく裏切る展開だったのだろう、頭の中で思考を加速させているように見受けられる。まさか彼女がこれほど狼狽するとは思わず、カグライは内心でにやりとした。

「――余はクインブランド皇国皇帝としてこの国を動かしておる。一方で、マンノームの里からの指示も受けておる。だが『ルネイアース大迷宮』が復活してから……つまり、貴様がこちらの世界に戻ってきてから、里の方針はあまりにもふがいないものであった」

　すると七の長老もうなずいた。

「うむ。大長老を中心とする指導体制はもはや太古の遺物であり、変化の激しい今、大迷宮と対峙せねばならぬ今においては、害悪以外の何物でもなかったのじゃ。大長老の命令は、マンノーム全員の命をなげうってでも『星白の楔』で大迷宮を破壊すること、であった」

「……ああ、あの白い波動の攻撃ね」

　ソアールネイは続ける。

「そんな長老様と皇国皇帝は意見の一致を見た。それはわかったわ。で、私がここに連れてこられたのはなに？」

「わからぬか？　シンプルなことであろ」

　カグライは言った。

「ソウルと魔力、どちらかが優れ、どちらかが劣るなどということはない。まるで現実を見ておらぬ妄言である」

　その言葉は――ソアールネイにとって、衝撃だった。

「は……？　妄言？」

　マンノームははるかな永きにわたって魔術を目の敵にし、多くの同胞の犠牲を払いながらサーク家を滅亡させようとしてきた。

逆にサーク家は、魔術を至高のものと考え、襲い来るマンノームを最大の敵と見なして攻撃してきた。

だというのにカグライは——「妄言」だと切り捨てたのだ。

後を引き取ったのは七の長老だ。

「ワシは次の時代を模索しておる。そこでカグライとも話し合いを重ねてきた……結果、ソウルと魔力を融合させるべきであるという結論に至った。これができれば、世界のソウル、魔力の総量をコントロールすることができる」

ソアールネイはすぐにも悟った。七の長老が、カグライが、なにをしようとしているのかを。

「む、むちゃくちゃよ！　それに、もしそんなことをするって言うなら、あなたたちは……！」

思わずソアールネイは腰を浮かせた。

「ソウルと魔力を融合させた技術で、この世界を統治しようとしてるってことじゃない!!」

世界を統治する。

つまりそれは、クインブランド皇国がすべての国家を併呑（へいどん）し、大陸を単一国家として統治するということを意味している。

「そのとおりである。そのために貴様の知恵が必要である」

カグライはこともなげに言った。

「余は、この世界を統一する最初の皇帝になるであろ」

言葉の意味は野望に満ちているというのに、彼の語り口調はあまりにも静かで、まるで昔話をしているかのようであった。

だがその言葉の意味を取り違える者はこの場にいなかった。

クインブランド皇国皇帝カグライ＝ギィ＝クインブランドは、大陸に覇(は)を唱(とな)えるという宣言をしたのだった。


〈『察知されない最強職 14』完〉

この作品に対するご感想、ご意見をお寄せください。

●あて先●

〒101-0052 東京都千代田区神田小川町3−3
イマジカインフォス　ヒーロー文庫編集部

「三上康明先生」係
「植田 亮先生」係

ヒーロー文庫

察知されない最強職(ルール・ブレイカー) 14

三上康明(みかみやすあき)

2024年3月10日　第1刷発行

発行者　廣島順二

発行所　株式会社イマジカインフォス
〒101-0052 東京都千代田区神田小川町 3-3
電話／03-6273-7850（編集）

発売元　株式会社主婦の友社
〒141-0021
東京都品川区上大崎 3-1-1 目黒セントラルスクエア
電話／049-259-1236（販売）

印刷所　大日本印刷株式会社

ISBN 978-4-07-459460-3